U0109493

中國語言文字研究輯刊

十　編

許錟輝 主編

第1冊

《十編》總目

編輯部編

甲骨文基礎字形構形與使用研究

陳丹、高玉平 著

花木蘭文化出版社

國家圖書館出版品預行編目資料

甲骨文基礎字形構形與使用研究／陳丹、高玉平著 — 初版
— 新北市：花木蘭文化出版社，2016〔民105〕
目 2+126 面；21×29.7 公分
（中國語言文字研究輯刊 十編；第1冊）
ISBN 978-986-404-532-7（精裝）
1. 甲骨文 2. 文字形態學 3. 研究考訂
802.08 105002061

中國語言文字研究輯刊
十 編 第一冊 ISBN：978-986-404-532-7

甲骨文基礎字形構形與使用研究

作　　者　陳丹、高玉平
主　　編　許錟輝
總 編 輯　杜潔祥
副總編輯　楊嘉樂
編　　輯　許郁翎
出　　版　花木蘭文化出版社
社　　長　高小娟
聯絡地址　235 新北市中和區中安街七二號十三樓
　　　　　電話：02-2923-1455 ／傳眞：02-2923-1452
網　　址　http://www.huamulan.tw 信箱 hml 810518@gmail.com
印　　刷　普羅文化出版廣告事業
初　　版　2016年3月
全書字數　84285字
定　　價　十編12冊（精裝） 台幣30,000元

《十編》總目

編輯部編

《中國語言文字研究輯刊》十編　書目

古文字研究專輯

第 一 冊　陳丹、高玉平　甲骨文基礎字形構形與使用研究
第 二 冊　陳丹、高玉平　甲骨文象形和指事結構類型使用情況調查
第 三 冊　郭妍伶　許瀚之金文學研究
第 四 冊　龐壯城　《嶽麓書院藏秦簡（壹）‧占夢書》研究（上）
第 五 冊　龐壯城　《嶽麓書院藏秦簡（壹）‧占夢書》研究（下）

詞語研究專輯

第 六 冊　高　迪　《三曹文集》同義詞研究
第 七 冊　曹銀晶　「也」、「矣」、「已」的功能及其演變

古代音韻研究專輯

第 八 冊　李福言　《廣雅疏證》音義關係術語略考（上）
第 九 冊　李福言　《廣雅疏證》音義關係術語略考（下）
第 十 冊　辜贈燕　李漁韻學研究（上）
第十一冊　辜贈燕　李漁韻學研究（下）

方言研究專輯

第十二冊　姜恩枝　西洋傳教士資料所見近代上海方言的語音演變

《中國語言文字研究輯刊》十編
各書作者簡介・提要・目次

第一冊　甲骨文基礎字形構形與使用研究

作者簡介

陳丹，男，1981 年 1 月出生，2005 年至 2007 年於安徽大學文學院先後師從徐在國、黃德寬兩位老師攻讀古代文字學碩士博士專業，2013 年至 2015 年於中國科學技術大學管理學院從事文化產業和企業文化博士後研究工作，2015 年轉任管理學院特任副教授，並擔任安徽大學漢語語言研究所古代簡牘保護專家，在古文字研究方向上主要以漢字發展理論和甲骨文爲研究物件，著有《論漢字性質複雜的原因兼談漢字的性質》等文章。

高玉平，女，遼寧朝陽人。師從著名古文字學家、古錢幣學家何琳儀先生，學習古文字、音韻、訓詁等，2007 年獲得碩士學位。同年考入安徽大學漢語言文字學研究所，師從黃德寬先生繼續深造，2010 年畢業獲得漢語言文字學博士學位。後進入浙江師範大學出土文獻與漢字研究中心工作，主持省級課題「江南青銅文化史」一項，參與並主持「中華字庫」子課題「散藏敦煌紙本文獻整理與研究（二）」（國家級課題），並在《古籍整理與研究》、《古漢語研究》等學術期刊上發表學術論文數篇。

提　要

重視實證是字形考釋研究取得長足進步的根本原因，但是這一科學方法卻未能在文字學理論研究方面獲得足夠的重視，一些基礎性的問題一直以來沒有獲得較爲一致的看法。爲了改變這一狀況，將文字考釋研究的優良傳統貫徹到理論研究中去，黃德寬師提出了以實證爲核心的漢字動態分析理論。

本文正是在此理論背景下展開相關研究。就樣本選擇來說，甲骨文是我們可以憑藉的最早的成系統出現的古文字資料。而甲骨文中的象形字、指事字，不僅保存了目前已知最早也是最爲可信的信息，同時又爲會意和形聲兩種構形方式提供了構形基礎。因此我們將象形、指事字統稱爲甲骨文基礎字形，並從漢字動態分析理論要求出發，堅持字形和使用情況的相關調查爲基礎，堅持實證原則以科學地數據分析結果爲論據，針對甲骨文基礎字形展開考察，意在促進相關理論問題的研究。

上編第一章中我們對前人有關基礎字形的理論加以梳理，考察相關理論的流變，爲有選擇的吸取前人討論成果打下基礎。第二章中，在黃師研究的基礎上，從形義關係以及闡釋者兩個角度提出象形結構內部分爲三個小類，並對這三個小類根本特徵加以總結概括。在第三章中我們除討論指事結構內部屬性迥異的三個小類之外，還在指事基礎字形研究的基礎上，進一步展開了關於指事符號性質的探討。第四章將結構類型和實際使用情況相聯繫，從本用借用的實際比例以及字義負擔繁重程度兩個方面，以較爲詳實的數據分析，證明了象形結構象形性的嚴重衰弱，形義關係的劇烈疏離以及闡釋者在構形方式調整中的重要作用等問題，並解釋了象形結構內部三個小類分類的合理性，三個小類在源起上的差異，象形結構構形方式調整的內在壓力等問題。在第二節中以同樣的方法，分析了指事結構內部三個小類的差異性，以及分類的合理性，並提出了三個小類在源起上可能存在的時間差異。第五章中我們就甲骨文字系統成熟度、甲骨文基礎字形的幾種調整方式、甲骨文構形方式調整的原因、甲骨文基礎字形形義關係的矛盾與統一、漢字體系是否是一個系統等幾個即獨立又相互關聯的問題展開了討論。

下編是調查材料的彙編，展示了象形、指事字在甲骨卜辭中的形義關係與實際使用情況。附錄中展示的是對字義使用情況的匯總，在此也一併呈上，以供各位老師審閱。

目　次

緒　論 …… 1
　一、甲骨文基礎字形構形與使用研究的理論背景 …… 2
　二、論文的材料基礎及選題 …… 5
　三、研究甲骨文基礎字形構形與使用情況的目的 …… 6
　四、本文的研究方法與思路 …… 8

第一章　甲骨文基礎字形論說研究……11
　第一節　象形結構類型論說研究……11
　第二節　指事結構類型論說研究……17
第二章　象形結構類型研究……25
　第一節　整體摹寫……27
　第二節　特徵摹寫……41
　第三節　附麗摹寫……61
第三章　指事結構類型研究……67
　第一節　刻畫指事……68
　第二節　因形指事……71
　第三節　因聲指事……78
　第四節　因形指事抽象符號及其基礎字形研究……80
第四章　甲骨文基礎字形使用情況分析……91
　第一節　象形結構類型使用情況分析……92
　第二節　指事結構類型使用情況分析……96
第五章　甲骨文基礎字形構形及使用規律研究……101
　第一節　甲骨文基礎字形形義關係與甲骨文字系統成熟度判斷……101
　第二節　甲骨文基礎字形的幾種調整方式……105
　第三節　甲骨文構形方式調整的原因……109
　第四節　甲骨文基礎字形形義關係的矛盾與統一……114
　第五節　從甲骨文基礎字形看漢字體系是一個由構形方式決定的系統……115
結　語……117
參考文獻……119
後　記……125

第二冊　甲骨文象形和指事結構類型使用情況調查

作者簡介

陳丹，男，1981 年 1 月出生，2005 年至 2007 年於安徽大學文學院先後師從徐在國、黃德寬兩位老師攻讀古代文字學碩士博士專業，2013 年至 2015 年於中國科學技術大學管理學院從事文化產業和企業文化博士後研究工作，2015 年轉任管理學院特任副教授，並擔任安徽大學漢語語言研究所古代簡牘保護專家，在古文字研究方向上主要以漢字發展理論和甲骨文爲研究物件，著有《論漢字性質複雜的原因兼談漢字的性質》等文章。

高玉平，女，遼寧朝陽人。師從著名古文字學家、古錢幣學家何琳儀先生，學習古文字、音韻、訓詁等，2007 年獲得碩士學位。同年考入安徽大學漢語言文字學研究所，師從黃德寬先生繼續深造，2010 年畢業獲得漢語言文字學博士學位。後進入浙江師範大學出土文獻與漢字研究中心工作，主持省級課題「江南青銅文化史」一項，參與並主持「中華字庫」子課題「散藏敦煌紙本文獻整理與研究（二）」（國家級課題），並在《古籍整理與研究》、《古漢語研究》等學術期刊上發表學術論文數篇。

提　要

甲骨文到底是不是象形文字？甲骨文的成熟程度如何？到底是什麼推動了漢字字形的演進？象形指事結構類型中細分類型結構的起源是不是同時發生的？在相當長的時間內，對這些基礎性問題我們有很多高水平的定性分析，但一直未能在實證的基礎上作出相對科學的令人信服的解釋。究其原因是我們在單個文字的考釋上十分重視實證的方法，也取得了巨大成績，但在漢字發展理論方面仍以定性分析爲主，一直未能將實證引入到漢字理論的建構中去，從而遲滯了漢字理論的發展。

漢字動態分析理論的科學性根源於重視實證研究，力圖在對現有資料在窮盡調查的基礎上進一步考察驗證發展相關理論，並以此給出重大問題的結論，即使這些結論可能存在疏漏，我們也可以採用類似自然科學的方法，通過不斷提供新證據來予以不斷的修正演進有關理論和相關結論，而不僅僅停留於定性爭論莫衷一是的層面上。

甲骨文是我們可以憑藉的最早的成系統出現的古文字資料。而甲骨文中的象形字、指事字，不僅保存了目前已知最早也是最爲可信的信息，同時又爲會意和形聲兩種構形方式提供了構形基礎。因此我們將象形、指事字統稱爲甲骨文基礎字形，並從漢字動態分析理論要求出發，堅持字形和使用情況的相關調查爲基礎，堅持實證原則以科學地數據分析結果爲論據，針對甲骨文基礎字形展開考察，意在促進相關理論問題的研究。

甲骨文象形和指事結構類型的窮盡性調查，展示了象形、指事字在甲骨卜辭中的形義關係與實際使用情況。根據調查的情況，結合漢字動態分析理論，我們才能從形義關係以及闡釋者兩個角度提出象形和指事結構內部分爲三個小類，並對這三個小類根本特徵加以總結概括，同時進一步展開了關於指事符號性質的探討。

目　次

第一篇　象形結構類型調查……1
第一章　整體摹寫……3
一　卷……3
二　卷……12
三　卷……18
四　卷……27
五　卷……36
六　卷……53
七　卷……58
八　卷……69
九　卷……73
十　卷……78
十一卷……82
十二卷……89
十三卷……99
十四卷……106
第二章　特徵突出……125
一　卷……125
二　卷……129
三　卷……129
四　卷……135
五　卷……140
六　卷……145
七　卷……148
八　卷……151
九　卷……161
十　卷……169
十一卷……177
十二卷……178
十三卷……184
十四卷……186

第三章　隨形附麗……193
一　卷……193
二　卷……193
三　卷……194
四　卷……195
五　卷……195
六　卷……196
七　卷……197
八　卷……201
九　卷……203
十　卷……205
十一卷……205
十二卷……207
十三卷……208
十四卷……209
第四章　類型不明……211
一　卷……211
二　卷……211
三　卷……213
四　卷……216
五　卷……218
六　卷……219
七　卷……220
八　卷……222
九　卷……223
十　卷……224
十一卷……225
十二卷……226
十三卷……230
十四卷……232
第二篇　指事結構類型調查……235
第一章　整體指事……237

一　卷……237
二　卷……238
三　卷……239
四　卷……241
五　卷……241
六　卷……243
七　卷……243
八　卷……245
九　卷……245
十　卷……245
十一卷……245
十二卷……246
十三卷……246
十四卷……250
第二章　附體指事……251
一　卷……251
二　卷……256
三　卷……257
四　卷……258
五　卷……260
六　卷……262
七　卷……264
八　卷……265
九　卷……267
十　卷……268
十一卷……271
十二卷……271
十三卷……272
十四卷……272
第三章　因聲指事……277
一　卷……277
二　卷……277

三　卷……278
四　卷……278
五　卷……279
六　卷……279
七　卷……280
八　卷……280
九　卷……280
十　卷……281
十一卷……281
十二卷……281
十三卷……281
十四卷……281
第四章　類型不明……283
一　卷……283
二　卷……283
三　卷……283
四　卷……283
五　卷……284
六　卷……284
七　卷……284
八　卷……285
九　卷……285
十　卷……285
十一卷……285
十二卷……285
十三卷……286
十四卷……286
參考書目……289

第三冊　許瀚之金文學研究

作者簡介

郭妍伶，一九八一年生，高雄人。成功大學中國文學系碩士、博士。專長是金文學、清代學術史、華語文教學。曾任實踐大學博雅學部、實踐大學應用中文系、南台科技大學、屏東科技大學、陸軍軍官學校、東方設計學院等校兼任講師，華語教學方面曾任成功大學語言中心、臺北護理健康大學、崑山科技大學、東方設計學院、南榮技術學院等校華語課程教師、華語師資培訓班講師。現爲實踐大學應用中文系專案助理教授。著作有《許瀚之金文學研究》（碩論）、《道咸時期山左金文學》（博論），及單篇論文十餘篇。

提　要

許瀚（1797～1866），字印林，清道咸時期山左著名學者，文獻、目錄、方志、《說文》等方面均有涉獵，尤長音韻訓詁、金石考訂。龔自珍嘗以「北方學者君第一」稱之，足見學識見重當時。而許氏身處乾嘉、道咸之際，學風由精轉新，金文研究亦然。道咸學者根柢前賢，加以新出器物及新傳拓技術支持，關注焦點遂由石轉金，於器類、銘文多所探論、修訂，亦爲晚清繼起之甲骨研究奠基。惟許氏著作遭逢動亂，書版多毀於兵燹或祝融，存世者或散入民間家藏及國家文物單位，睹見不易。今則幸有《山東文獻集成》蒐羅遺稿刊布，提供研究其人其學之一大助益。許瀚考訂金石俱有足觀，本文擇其金文爲範疇，先概述生平、交游、著作，次擷舉諸家稱引與金文相關者，據以分析許氏考釋材料之來源、要點，兼比較與前賢及今人說法異同，辨明正訛。要言之，許瀚治金文自有其學術價值，而許氏與同游諸家，可視爲有清一代金文學發展之先行者，影響不容忽視。

目　次

誌　謝
第壹章　緒　論……1
　第一節　研究動機與目的……1
　　一、研究動機……1
　　二、研究目的……4
　第二節　研究範圍與方法……5
　　一、研究範圍……5
　　二、研究方法……7
　第三節　文獻回顧與探討……8
第貳章　許瀚之生平著作及師承交游……21
　第一節　道咸時期金文研究概況……21

第二節　許瀚之生平及著作……27
一、生平……28
二、著作……33
第三節　許瀚之師承及交游……38
一、師承……38
二、交游……43
第參章　許瀚考釋金文材料來源及方法……63
第一節　許瀚考釋金文之材料來源……63
一、自家藏器或藏拓……63
二、友人藏器與贈拓……64
第二節　許瀚考釋金文主要徵引依據……74
一、薛尚功《歷代鐘鼎彝器款識法帖》……75
二、阮元《積古齋鐘鼎彝器款識》……76
三、吳榮光《筠清館金石錄》……78
四、吳式芬《攈古錄金文》……78
第三節　許瀚考釋金文之方法……79
第肆章　許瀚考釋金文器類要點……89
第一節　許瀚考釋金文器類及考釋面向……89
一、考釋器類……89
二、考釋金文之面向……92
第二節　許瀚考釋銘文辨證（上）……114
第三節　許瀚考釋銘文辨證（下）……126
第伍章　結　論……141
參考文獻……145
附錄一　收錄許瀚所考器銘之著作參照表……153
附錄二　許氏釋文及今釋對照表（節選）……167

第四、五冊　《嶽麓書院藏秦簡（壹）·占夢書》研究

作者簡介

龐壯城，1987 年 4 月出生於臺灣臺北，臺灣成功大學中國文學系學士、臺灣成功大學中國文學系碩士，現爲成功大學中國文學系博士候選人。求學期間，曾多次獲得成功大學「鳳凰樹文學獎」古典文、古典曲獎項。2008 年由沈寶春

教授指導，執行「國科會大專生參與專題研究計畫」。2009 年迄今，先後擔任於沈寶春教授、高佑仁助理教授科技部計畫之研究助理。2014 年獲成功大學推薦交換學生，至上海復旦大學「出土文獻與古文字研究中心」訪問研修。研究領域爲：古文字學、出土文獻、先秦史與數術學。並發表會議論文、專書論文十數篇。

提　要

《嶽麓書院藏秦簡》收有許多秦漢時期之社會史資料，其內容繁複、彌足珍貴。「社會史資料」，是指可據以重建、研究某一時期民眾生活、社會環境之資料。現存史料文獻多爲帝王史、專史，相較之下，更顯嶽麓簡之難得。其中，嶽麓簡《占夢書》更是目前可見，最古老之占夢專著，其所收錄之夢徵與夢占，極有可能爲秦漢時期之中下階層生活樣貌，對於補苴、重建當時之巫術信仰、社會文化甚有幫助。

本文針對嶽麓簡《占夢書》，進行文字考釋、字義訓讀。藉由與傳世文獻的對照，試圖上溯該書所收錄夢徵、夢占之歷史根據。透過概述古代中國之夢文化、夢學理論，能清楚瞭解嶽麓簡《占夢書》之性質與歷史意義，更進一步可分析該書之「成書背景」，與所用之「占夢術原理」；而藉由對「夢徵」與「夢占」的歸納整理，則可勾勒秦漢時期之中下社會階層風貌，能對古人之「需求」與「不安」有所瞭解，也能明曉嶽麓簡《占夢書》之「使用者身分」。最後則援引西方主流之夢學理論，討論其應用於嶽麓簡《占夢書》的方式及侷限。

本文主要課題在於字詞之釐訂、探求字義之根據，俾使文通字順，彰顯是書價值，更嘗試建構秦漢時期占夢之文化。

目　次

上　冊
謝　誌
凡　例
簡稱表
第壹章　緒　論……1
　第一節　研究動機與目的……1
　第二節　研究概況……2
　　一、名詞界定……3
　　二、《嶽麓書院藏秦簡（壹）・占夢書》研究文獻回顧……4

三、中國夢文化研究回顧 …… 6
第三節　研究材料 …… 8
一、傳世文獻 …… 8
二、出土文獻 …… 10
第四節　研究方法及觀點 …… 12
一、研究方法 …… 13
二、研究觀點 …… 13
第貳章　《嶽麓書院藏秦簡（壹）・占夢書》釋讀 …… 17
第一節　《嶽麓書院藏秦簡（壹）・占夢書》之形制與編聯 …… 17
第二節　《嶽麓書院藏秦簡（壹）・占夢書》之排序 …… 19
一、「占夢理論」之排序 …… 19
二、「夢徵與夢占」之排序 …… 20
第三節　「占夢理論」釋讀 …… 25
第四節　「夢徵與夢占（一）」釋讀 …… 60
第五節　「夢徵與夢占（二）」釋讀 …… 129
第六節　「夢徵與夢占（三）」釋讀 …… 162
第參章　《嶽麓書院藏秦簡（壹）・占夢書》內容分析（一） …… 177
第一節　淺論嶽麓簡《占夢書》前之夢文化與夢學理論 …… 177
一、先秦夢文化之探索 …… 178
（一）商代之夢文化 …… 178
（二）西周時期之夢文化 …… 181
（三）春秋時期之夢文化 …… 186
（四）秦代之夢文化 …… 190
（五）漢代之夢文化 …… 191
二、先秦時期之夢學理論 …… 194
（一）迷信之夢學理論 …… 194
（二）理性之夢學理論 …… 202
第二節　《嶽麓書院藏秦簡（壹）・占夢書》之「成書」 …… 211
一、外部動機——文明制度 …… 212
（一）人智勃興 …… 212
（二）巫權開放 …… 214
二、內在理路——歷史思維 …… 216

（一）表徵禍福，殷鑑吉凶 216
（二）引譬連類，明理徵義 218
第三節 《嶽麓書院藏秦簡（壹）・占夢書》之「占夢術」 222
一、占夢術之「形式」 223
（一）象徵析夢 223
（二）五行辨夢 225
（三）測字解夢 227
二、占夢術之「原理」 230
（一）直解 232
（二）轉釋 234
（三）反說 235
下 冊
第肆章 《嶽麓書院藏秦簡（壹）・占夢書》內容分析（二） 239
第一節 《嶽麓書院藏秦簡（壹）・占夢書》之「夢徵」類別 239
第二節 嶽麓簡《占夢書》「植物類」夢徵析義 241
第三節 嶽麓簡《占夢書》「動物類」夢徵析義 245
一、動物 245
二、動物所屬物 261
第四節 嶽麓簡《占夢書》「人物類」夢徵析義 264
一、人物 265
二、人物行爲 266
（一）兼含死亡類夢徵 267
（二）兼含音樂類夢徵 270
（三）兼含服飾類夢徵 276
（四）兼含飲食類夢徵 281
（五）其他 286
三、人體器官 300
第五節 嶽麓簡《占夢書》「器物類」夢徵析義 306
第六節 嶽麓簡《占夢書》「其他類」夢徵析義 318
一、地形 318
二、天氣 325
三、殘缺類 327

第七節　嶽麓簡《占夢書》「欲食類」夢占析義……327
一、「欲食」之意義……327
二、動物類夢徵……329
二、其他類……336
第八節　《嶽麓書院藏秦簡（壹）·占夢書》之「夢占」……343
一、嶽麓簡《占夢書》之「夢占」類別……343
（一）吉凶類……343
（二）祭祀類……344
（三）官事（職務）類……347
（四）憂慮類……348
（五）獲得某物（收穫）類……350
（六）死傷病類……351
（七）天氣類……353
（八）婚嫁類……353
（九）失去某物類……354
（十）言語類……355
（十一）其他類……355
二、由夢占看「古人之不安與需求」……356
（一）古人之不安……356
（二）古人之需求……357
三、由夢占看「夢者之身分與性別」……359
（一）夢者之身分……359
（二）夢者之性別……361
第伍章　結　論……363
一、前賢草創，後出轉精……363
二、中西合觀，各別其義……364
三、千載殘卷，獨具一格……364
四、研究困境，未來展望……365
附論：《嶽麓書院藏秦簡（壹）·占夢書》與西方理論……367
第一節　原邏輯思維與原初民族……367
一、原初民族之原邏輯思維……367
二、神秘互滲……369

三、原邏輯思維對「夢」之作用……373
第二節　精神分析理論及其解夢應用之侷限……377
一、西格蒙德・弗洛伊德（Sigmund Freud）之精神分析理論……379
（一）夢：願望之「僞裝」……379
（二）夢之形成機制：「凝縮」與「移置」……380
（三）夢之解釋方法：自由聯想……385
二、卡爾・古斯塔夫・榮格（Carl Gustav Jung）之夢學理論……386
（一）集體潛意識……386
（二）集體潛意識之內容：「主題」與「原型」……389
（三）集體潛意識之研究方式：推理論述……391
三、西方現代夢學理論解夢之應用侷限……393
（一）記夢資料之性質……394
1. 史傳類記夢資料……394
2. 民俗類記夢資料……399
（二）記夢資料之詳略……401
附錄一：引用資料……409
附錄二：《嶽麓書院藏秦簡（壹）・占夢書》總釋文（原釋）……421
附錄三：《嶽麓書院藏秦簡（壹）・占夢書》總釋文（改釋）……425

第六冊　《三曹文集》同義詞研究

作者簡介

高迪，女，1985 年生，吉林汪清人。2015 年 1 月畢業於東北師範大學文學院漢語言文字學專業，師從傅亞庶教授。現爲長春大學國際教育學院講師，從事對外漢語教學工作。曾講授古代漢語、中國民俗文化、留學生漢語口語、漢語綜合、漢語聽力、漢語閱讀、中國文化等課程。在中文核心期刊、CSSCI 上發表論文數篇；2012 年任名家精品閱讀叢書《沈從文散文》副主編，書籍於吉林文史出版社發行；任武漢大學出版社《古代漢語》教材主編。2013.06 參加發展漢語（第二版）教學演示研討會並提交發言稿。2014 年 12 月參加吉林俄語專修學院主辦的吉林省對俄漢語教學學會並成爲會員。

提　要

本文以《三曹文集》同義詞爲研究對象，以曹操、曹丕、曹植父子三人的散文作品爲語料，秉持「一義相同」的原則，整理歸納出 566 組同義詞。有些同義範疇內既包含單音詞，也包含複音詞，還有一些同義範疇僅由複音詞組成。在全部同義詞組中，有複音詞的組別僅占一半，顯示了中古漢語的時代特徵。

在研究過程中堅持共時與歷時相結合的原則，採用對比分析的方法，從先秦兩漢時期重要的典籍中選取有代表性的例句，結合義素分析法和核心詞等方法和概念，將同義詞和等義詞區分開來。通過比較可以看出，同一語義範疇內的詞語在使用頻率、搭配靈活度、充當句子成分的能力等方面有差異，這一差異決定了它們在範疇內是否可以看作核心詞。有些詞語逐漸取代了其它詞語，被替換的詞則成爲歷史詞，失去了生命力。但詞語間的更替不會在短時間內完成，存在漫長的過渡期。對於在《三曹文集》中看似被替換的詞語，本文採用共時研究的方法，在同時代或創作於稍晚時期的典籍中搜索分析，以期得到科學有效的結論。

本文分爲四個部分，第一部分爲緒論，整理了同義詞的界定、研究方法、現有研究成果等相關內容；第二部分爲論文主體，分別研究了名詞性、動詞性、形容詞性同義範疇內詞語在語義、語法、語用三方面的異同；第三部分總結了《三曹文集》同義詞的特點，闡明了研究價値；最後一部分是附錄，在前人研究基礎上結合《三曹文集》情況歸納了同義詞詞組，直觀地展示三曹文集同義詞的分佈情況。

目　次

第一章　緒　論 …… 1

1.1　三曹文集同義詞研究綜述 …… 1

1.2　研究目標與研究步驟 …… 20

1.3　研究的理論依據 …… 23

第二章　《三曹文集》同義詞分析 …… 25

2.1　墳、墓、冢 …… 25

2.2　舟、船 …… 41

2.3　道、路、途 …… 55

2.4　民、氓、百姓 …… 68

2.5　年、歲、載 …… 80

2.6　聞、聽、聆 …… 88

2.7　討、征、伐 …… 100

2.8　瞻、望、眺 …… 114

2.9 伺、省、觀、察……125
2.10 寡、少、鮮、乏、希……131
2.11 空、虛……145
2.12 舊、故……159
第三章 《三曹文集》同義詞概述……175
3.1 《三曹文集》同義詞的構成……175
3.2 《三曹文集》同義詞的演化規律……178
3.3 《三曹文集》同義詞的區別特徵……180
3.4 《三曹文集》複音同義詞概說……184
結 語……193
附 錄……197
參考文獻……219

第七冊 「也」、「矣」、「已」的功能及其演變

作者簡介

曹銀晶，1975 年生於韓國。2000 年畢業於韓國成均館大學中文系，2003-2012 年就讀於中國北京大學中文系，先後獲得古文字學專業碩士、漢語史專業博士學位。曾是台灣中央研究院語言研究所訪問學員，並獲台灣國科會人文學研究中心「來台博士青年學人學術輔導諮詢補助」。現爲韓國世宗大學國際學部特聘教授。主要從事古文字、漢語史（語法）研究，結合出土文獻與傳世文獻探討漢語史現象。發表論文 10 餘篇，並主持韓國教育部屬下韓國研究財團項目——博士後項目、著述出版項目等課題。

提 要

本書通過出土文獻和傳世文獻的對比，發現《論語》中的「也已矣」連用現象不見於西漢出土文獻。目前最常用的《論語》版本就是阮元本，但是本書發現阮元本中的「也已矣」面貌是唐以後才產生的。藉此，本書就討論了「也」、「矣」、「已」單用（第 2 章～第 4 章）及「也已矣」連用的形式（第 5 章），分析了它們在不同時期語法功能的變化，最後（第 5 章）揭示了這種差異的原因。

「也」、「矣」、「已」是古漢語最常用的陳述語氣詞，在漢語裏，語氣詞是表達情態或語氣的主要手段之一。本書把範圍限制到語氣和語氣詞，暫不討論

情態的問題。正式進入正文以前，本書就提出了如下觀點。第一，語氣有虛詞語氣和句式語氣之分，虛詞語氣指某個語氣詞本身所表達的語氣，句式語氣指某種句式所具有的語氣。第二，語氣詞的功能是表達語氣的，但是有的語氣詞還兼有別的語法功能，就像「了」兼表既事相和決定語氣一樣。本書認爲語氣詞「也」、「矣」、「已」都是表達語氣，但是同時兼有別的語法功能。本書的特點是：第一，結合出土文獻材料。目前少有有系統地研究上古漢語語氣詞的專著，本書除了傳世文獻外，還會考察出土文獻材料，試圖彌補已有研究的缺陷。第二，考察語氣詞功能從甲骨文到唐朝的演變發展。本書將從歷時的眼光出發，分幾個重要的階段，試圖探討上古漢語語氣詞的功能到後來的演變。

第二章至第四章分別討論「也」、「矣」、「已」的功能及其演變。從它們的使用頻率上看，「也」、「矣」在春秋戰國時期使用率都很高，經過魏晉南北朝的衰退，到唐朝就不多見了；「已」主要見於戰國，但是東漢以後就絕跡了。從它們表達的功能上看，「也」是兼表判斷和確定語氣，「矣」是兼表完成/實現和決定語氣。這一點跟「乎」、「哉」等語氣詞單表語氣是不相同的。並且「也」還經歷了從兼表判斷和確定語氣到單表確定語氣的過程。本書從歷時的角度還探討了「也」、「矣」、「已」在各個時期表現出來的各個不同功能。另外文章還提出句中「也」在早期具有名詞標記功能的這一看法。

第五章對《論語》中的「也已矣」連用提出了新的看法。根據出土文獻，本書推斷在《論語》中可能本有「也已矣」，但數量不多。到東漢，可能《論語》中有的句子末尾出現了「也已矣」。皇侃本《論語》中有 13 處「也已矣」，到唐石經就和阮元本完全一致，都是 8 例。宋朝以後的《論語》原文也基本上承襲唐石經。本書還全面考察了「也已矣」連用的形式以及它在不同時期功能的變化。

目　次

序　蔣紹愚

第一章　緒　論 …… 1

1.1　研究範圍及其界定 …… 1

1.1.1　對上古漢語的界定 …… 1

1.1.2　對語氣詞名稱的界定 …… 3

1.1.3　情態和語氣 …… 5

1.1.4　語氣和語氣詞 …… 7

1.1.5　語氣詞的功能 …… 8

1.2 研究回顧……9
1.3 研究方法和選題意義……13
1.4 使用語料……15
1.4.1 傳世文獻……15
1.4.2 出土文獻……15
1.4.3 同一古書的不同書寫材料……19
1.5 相關術語說明……26
第二章 「也」……27
2.1 已有研究……27
2.1.1 「也」是語氣詞……28
2.1.2 「也」是助詞或動詞……30
2.1.3 「也」是名詞謂語標記……31
2.1.4 「也」的動態用法……32
2.2 本書對「也」的認識……33
2.2.1 名詞標記的「也」……33
2.2.2 區分名詞標記和語氣詞的標準……42
2.3 「也」功能的演變……45
2.3.1 「也」在春秋時期……45
2.3.1.1 名詞標記……45
2.3.1.2 語氣詞（靜態）……47
2.3.2 「也」在戰國至西漢……48
2.3.2.1 名詞標記……49
2.3.2.2 語氣詞（靜態）……52
2.3.3 「也」在東漢至南北朝……56
2.3.3.1 名詞標記……57
2.3.3.2 語氣詞（靜態）……58
2.3.3.3 語氣詞（動態）……61
2.3.4 「也」在晚唐五代……62
2.3.4.1 語氣詞（靜態）……62
2.3.4.2 語氣詞（動態）……63
2.4 小結……64
第三章 「矣」……67

3.1 已有研究……67
3.1.1 「矣」是語氣詞……69
3.1.2 「矣」是體標記……70
3.2 本書對「矣」的認識……71
3.2.1 「矣」的基本功能……73
3.2.2 「矣」的其它功能……75
3.3 「矣」功能的演變……76
3.3.1 「矣」在春秋以前……77
3.3.1.1 基本功能……77
3.3.1.2 其它功能……83
3.3.2 「矣」在戰國至西漢……84
3.3.2.1 基本功能……84
3.3.2.2 其它功能……90
3.3.3 「矣」在東漢至南北朝……92
3.3.3.1 基本功能……92
3.3.3.2 其它功能……96
3.3.4 「矣」在晚唐五代……97
3.3.4.1 基本功能……97
3.3.4.2 其它功能……99
3.4 小結……101
第四章 「已」……103
4.1 已有研究……103
4.1.1 「已」的來源……104
4.1.2 「已」跟「矣」的功能是相同的……105
4.1.3 「已」跟「矣」的功能是有別的……106
4.1.4 「已」是兼具「也」「矣」功能的……106
4.2 本書對「已」的認識……107
4.3 「已」功能的演變……109
4.3.1 「已」在春秋以前……109
4.3.1.1 殷商……109
4.3.1.2 西周……110
4.3.1.3 春秋……111

4.3.2 「已」在戰國 ……112
4.3.2.1 「VP / AP 已」……113
4.3.2.2 「NP 已」……115
4.3.3 「已」在西漢……118
4.3.3.1 「VP / AP 已」……119
4.3.3.2 「NP 已」……121
4.3.4 東漢以後……122
4.4 小結……123
第五章 「也已矣」……125
5.1 問題的提出……125
5.1.1 「也已矣」在西漢時期定州本《論語》中的使用情況……126
5.1.2 「也已矣」在敦煌寫本《論語》中的使用情況……128
5.1.3 「也已矣」在唐石經《論語》以後的使用情況……130
5.1.4 小結……130
5.2 已有研究成果……131
5.3 「也已矣」功能的演變……132
5.3.1 「也已矣」在先秦……132
5.3.2 「也已矣」在東漢……134
5.3.3 「也已矣」在魏晉至隋朝……135
5.3.4 「也已矣」在唐以後……135
5.3.5 小結……136
5.4 《論語》中的「也已矣」連用表達的功能……137
5.4.1 敦鄭本《論語》「也已矣」表達的功能……137
5.4.2 皇侃本《論語》「也已矣」表達的功能……137
5.4.3 唐石經《論語》「也已矣」表達的功能……138
5.4.4 「也已矣」在皇侃本和唐石經有使用差異的原因……138
5.4.5 小結……139
附錄一 敦煌寫本《論語》寫作年代情況……141
附錄二 郭店簡《老子》與帛書本《老子》對照表……145
附錄三 定州本《論語》與阮元本《論語》異文對照表……153
附錄四 《戰國縱橫家書》和《戰國策》、《史記》異文對照……187
參考文獻……211

後　記……219

第八、九冊　《廣雅疏證》音義關係術語略考

作者簡介

李福言，男，江蘇豐縣人，1985 年生，文學博士。現爲江西師範大學文學院、江西師範大學語言與語言生活研究中心講師。中國訓詁學會會員。主要研究方向爲音韻、訓詁、音義文獻。2014 年畢業於武漢大學文學院古籍所中國古典文獻學專業，獲文學博士學位。2011 年畢業於武漢大學文學院古籍所國學與漢學專業，獲文學碩士學位。2009 年畢業於徐州師範大學（現爲江蘇師範大學）文學院漢語言文學（師範）專業，獲文學學士學位。發表論文數十篇，多次參加國內外學術會議。

提　要

《廣雅疏證》是王念孫運用因聲求義解決音義問題的重要文獻。本文選擇《廣雅疏證》中量較大的四個音義術語（一聲之轉、之言、聲近義同、猶）進行計量與考據研究，分析術語連接的字（詞）音形義特點，討論術語的性質與來源，比較術語功能性異同，並從現代語言學的角度討論音義關係問題。研究表明，《廣雅疏證》四個術語間功能上有同有異。聲韻上，「一聲之轉」更強調聲類的聯繫，「之言」「聲近義同」「猶」更強調韻類的聯繫。形體上，利用諧聲關係進行訓釋是「之言」和「聲近義同」的重要特色。「一聲之轉」和「猶」多強調形體的異，而「之言」和「聲近義同」多強調形體的同。詞義上，「一聲之轉」「之言」「聲近義同」顯示同源占詞義關係比重較大。可見，「一聲之轉」「之言」「聲近義同」更多的屬於語言學範疇，「猶」更多的屬於語文學範疇。經深入討論認爲，音義關係上，《廣雅疏證》四個術語顯示的音義關係是必然性和偶然性的統一、有序性和無序性的統一，還顯示了音義關係具有層次性，以及義素與義位、語音形式與概念的複雜對應關係。最後，本書討論了《廣雅疏證》因聲求義的特點和貢獻以及音義關係研究要注意的問題。

目　次

上　冊

緒　論……1

　　一、國內外研究現狀……2

　　二、選題意義……20

三、論文目標、研究內容和擬解決的關鍵問題……20
四、論文的章節安排與格式、規範……20
（一）章節安排……20
（二）格式與規範……21
凡　例……21
1、「一聲之轉」音義關係考……25
1.1 兩個詞（字）間「一聲之轉」音義關係考……25
1.2 多個詞（字）間「一聲之轉」音義關係考……46
2、「之言」音義關係考……69
2.1 同聲韻音義關係考……69
2.2 同韻音義關係考……138
之部……138
支部……141
魚部……143
侯部……150
宵部……153
幽部……155
微部……157
脂部……159
歌部……161
職部……164
錫部……165
鐸部……166
屋部……168
藥部……169
覺部……170
物部……170
質部……171
月部……173
緝部……178
盍部……179
蒸部……179

耕部 …… 180
陽部 …… 183
東部 …… 185
冬部 …… 187
文部 …… 187
眞部 …… 190
元部 …… 192
侵部 …… 200
談部 …… 202
下　冊
2.3 同聲音義關係考 …… 205
幫母 …… 205
滂母 …… 206
並母 …… 207
明母 …… 209
从母 …… 210
心母 …… 211
見母 …… 212
溪母 …… 213
羣母 …… 214
疑母 …… 215
影母 …… 215
曉母 …… 218
匣母 …… 220
來母 …… 223
來母 …… 225
日母 …… 226
定母 …… 228
娘母 …… 229
泥母 …… 229
端母 …… 229
清母 …… 230

2.4 「旁轉」音義關係考 230
東冬 230
歌脂 231
侵談 231
質月 232
之侯 233
元諄 234
陽耕 234
歌微 234
宵幽 235
幽侯 235
文元 236
物月 237
魚侯 238
藥錫 238
屋鐸 238
術月 238
2.5 「對轉」音義關係考 239
魚鐸 239
幽沃 240
脂質 240
支錫 241
微物 241
之職 242
侯屋 242
宵藥 243
東屋 243
元月 243
支錫 244
歌元 244
之蒸 245
微文 245

2.6 旁對轉……246
宵鐸……246
魚物……246
支元……247
之覺……248
之元……248
葉月……249
物錫……249
沃月……249
幽諄……249
文耕……250
歌屋……250
脂文……250
文月……251
屋盍……251
魚屋……251
月錫……252
3、「聲近義同」音義關係考……253
4、「猶」音義關係考……305
5、結　論……357
5.1 《廣雅疏證》術語揭示的字形特點……357
5.1.1 「一聲之轉」揭示的字形結構特點……357
5.1.2 「之言」揭示的字形結構特點……358
5.1.3 「聲近義同」揭示的字形結構特點……359
5.1.4 「猶」揭示的字形結構特點……360
5.1.5 《廣雅疏證》術語揭示的構形特點比較……363
5.2 《廣雅疏證》術語揭示的同源詞問題……363
5.2.1 《廣雅疏證》同源詞的判定標準……363
5.2.2 《廣雅疏證》術語揭示的同源詞特點……365
5.2.2.1 「一聲之轉」揭示的同源詞……365
5.2.2.2 「之言」揭示的同源詞……367
5.2.2.3 「聲近義同」揭示的同源詞……372

5.2.2.4 「猶」揭示的同源詞……373
5.2.2.5 《廣雅疏證》術語揭示的同源詞情況比較……374
5.3 《廣雅疏證》術語音形義關係……377
5.4 《廣雅疏證》術語音義關係特點……379
參考文獻……387

第十、十一冊　李漁韻學研究

作者簡介

辜贈燕，臺南人，國立成功大學中文研究所碩士，現職高中國文教師。2005年〈〈唐高都護渤海郡王詩傳〉初探〉一文刊載於《東亞文化研究》第七輯，2006年獲邀參加中國音韻學研究會第十四屆學術研討會，發表〈《笠翁詞韻》蠡探〉一文。曾獲斐陶斐榮譽會員獎章。

提　要

本論文以李漁三部韻書《笠翁詩韻》、《笠翁詞韻》及《笠翁對韻》爲主，以其千餘首詩詞作品爲輔，將明末清初的如皋方言作一時間及地域方言的探討，彌足明代語音研究較少的缺憾，補足漢語語音史上的空白。

經此研究，發覺李漁著重時音的描繪。聲母方面，如皋方言確未如吳語區般保留全濁音，在某種程度上已產生濁音清化的現象。此外，精莊合流可視爲古音的遺存。韻母方面，止攝與遇攝、流攝與遇攝都有互入現象。聲調方面，濁上歸去與入派三聲爲其最大特色。

李漁雖言明詩、詞、曲用韻應嚴分，然由其製韻內容顯見《中原音韻》影響頗大，且《中原音韻》對時音的堅持，亦對李漁持守時音作韻的立場貢獻一番心力。

目　次

上　冊

第一章　緒　論……1
　第一節　研究動機……1
　第二節　研究材料與方法……2
　　一、研究材料……2
　　二、研究方法……4
　第三節　李漁生平述略……5

第二章　《笠翁詩韻》分韻及其詩作詩韻分析 …… 7
第一節　李漁詩韻觀 …… 7
一、押韻態度嚴謹，詩詞曲韻分明 …… 7
二、詩韻編製與《平水韻》大同小異 …… 7
三、反對以古音叶今韻 …… 8
四、限韻限字，遊戲爲詩 …… 9
第二節　《笠翁詩韻》分部凡例及相關語音現象 …… 9
一、分部凡例說明 …… 9
二、相關語音現象 …… 11
第三節　附論《笠翁對韻》 …… 147
一、編排 …… 147
二、體制 …… 148
三、內容 …… 149
四、韻字整理 …… 149
下　冊
第三章　《笠翁詩韻》註音字相關語音現象分析 …… 153
第一節　註音凡例說明 …… 153
第二節　註音字表 …… 165
第三節　註音字相關語音現象探討 …… 239
一、聲母 …… 239
二、韻母 …… 244
三、聲調 …… 244
四、總結 …… 245
第四章　《笠翁詞韻》及其詞作詞韻分析 …… 247
第一節　《笠翁詞韻》來源探析 …… 247
一、《笠翁詞韻》與《詞韻略》之同異 …… 248
二、《笠翁詞韻》與《中原音韻》之同異 …… 256
第二節　李漁詞韻觀 …… 263
一、詩詞曲韻，涇渭分明 …… 263
二、詞韻分部，改弦易轍 …… 263
三、贊同《中原音韻》分類法 …… 263
四、入聲概分八部，彼此難以互通 …… 264

第三節 《笠翁詞韻》分部凡例及其分韻……265
一、分部凡例說明……265
二、分部及相關語音現象分析……267
第五章 李漁語音體系探討……295
第一節 方言的影響……295
一、聲母……295
二、韻母……296
第二節 《中原音韻》的影響……297
第三節 聲韻擬音……297
一、聲母……298
二、韻母……298
第六章 結 論……301
一、入聲韻尾弱化……301
二、輔音韻尾合流……301
三、舌根鼻音韻尾的變化……302
四、宕江匯融……302
參考文獻……305
李漁詩作韻字及歸部一覽表……309
李漁詞作韻字及歸部一覽表……351

第十二冊 西洋傳教士資料所見近代上海方言的語音演變

作者簡介

姜恩枝（1978 年 7 月，韓國首爾出生），女，高麗大學語言學系畢業，國立首爾大學語言學系碩士畢業、 博士結業。2012 年獲得復旦大學中文系博士學位。研究領域爲漢語語言學、語言接觸。現爲國立首爾大學中文系博士後。自 2012 年起獲「Pony 鄭財團」學術支持，現已完成題爲《通過上海地區移民史觀察到的語言文化變遷模式》的研究。

提 要

本研究目的主要意義爲通過傳教士資料考察從 19 世紀中期到 20 世紀上半期的上海方言中發生的語音演變。本文借用了幾個歷史語言學概念，闡述當時上海方言語音特徵的歷史階段之間的變化過程。

第一章，闡述了本文研究的目的和範圍，並將前人的研究成果做了梳理。

第二章，按聲韻母整理出本文使用的傳教士資料的標記法。

第三章，針對傳教士資料作者的國籍、教育程度、所著相關漢語著作以及本文所涉及的相關資料的結構等內容做了詳細梳理。

第四章，重擬了各相關資料的語音系統。

第五章，使用關於聲韻調的典型變化實例，在音節結構方面觀察了近代上海方言的語音演變，並盡力實現解釋充分性（explanatory adequacy）。

最後，在附錄中對每個文獻中出現的基本詞彙做了梳理。

通過上述過程，本文闡明了以下幾個近代上海方言語音演變的具體特徵：一、重新劃分了近代上海方言的發展時期。二、本文確認近代上海方言裏鼻音先經歷了齶化現象，其次爲舌根音的齶化，最後爲舌尖音的齶化。三、本文觀察了最晚在 19 世紀 60 年代開始的上海話中的濁音氣流弱化現象，其中喉擦音//的弱化最爲明顯。四、本文認爲內爆音於近代時期一直零星地存在於上海方言當中，並且出現頻率不斷降低。由此推斷至少於 19 世紀之前，內爆音在上海話中系統地存在。五、當時上海方言的前後鼻音是互補分佈的變體關係。六、本文認爲在 1850 年前後-k、-兩個入聲韻尾仍然存在，但是之後發生了-k 韻尾合併的現象。

目　次

第一章　引　言 ………… 1

1.1　研究目的與範圍 ………… 1

1.2　研究方法 ………… 3

1.3　前人有關的研究成果 ………… 7

第二章　傳教士資料裏的標記法考察 ………… 13

2.1　各書的標記法特徵 ………… 15

2.2　資料的可靠性 ………… 19

2.3　英、美、法國的標記法比較 ………… 24

2.3.1　輔音 ………… 24

2.3.2　元音 ………… 29

2.3.3　聲調 ………… 32

第三章　傳教士資料的書志及內容 ………… 35

3.1　西洋傳教士專著的簡介 ………… 35

3.2　著作的用途及內容 ………… 45

第四章　西洋傳教士資料的語音系統構擬……55
4.1 James Summers（1853）的語音系統構擬……55
4.2 Joseph Edkins（1853）（1869）的語音系統構擬……58
4.3 John Macgowan（1862）的語音系統構擬……67
4.4 Benjamin Jenkins（186？）的語音系統構擬……69
4.5 使用 Union system 的資料的語音系統構擬……71
4.6 A Bourgeois（1941）的語音系統構擬……79
第五章　從音節結構看近代上海方言的語音演變……85
5.1 不同時期的聲母和典型變化……85
5.1.1 隨音節構造發生的齶化現象……85
5.1.2 濁喉擦音的弱化和其它濁聲母的變化趨勢……93
5.1.3 內爆音的地位……95
5.2 不同時期的韻母和典型變化的例子……97
5.2.1 元音……97
5.2.2 前後鼻音的對立與否……100
5.2.3 入聲韻尾……104
5.3 各時期聲調的變化和典型變化的例子……110
第六章　結語……117
附　錄……121
參考文獻……159
圖表目錄
圖 1-1　上海方言的層次……8
圖 1-2　上海方言的混合性……9
圖 2-1　Jenkins（186？）中的一部分……17
圖 2-2　上海租界擴張圖……23
圖 5-1　上海方言的元音變化圖……98
圖 5-2　k→ h 修改的痕跡……107
表 1-1　上海話的音系混合例子表……9
表 2-1　幾種標記法的入聲韻標記……16
表 2-2　著者的所屬及其書籍出版機構……21
表 2-3　Edkins（1853）的聲調說明……32
表 2-4　標記法的特徵（按國籍排列）……33

表 4-1　Summers（1853）的輔音……56
表 4-2　Summers（1853）輔音構擬……57
表 4-3　Edkins（1853）的輔音……58
表 4-4　Edkins（1853）輔音構擬……61
表 4-5　Edkins（1853）元音韻母構擬……63
表 4-6　Edkins（1853）鼻音韻母構擬……65
表 4-7　Edkins（1853）入聲韻母構擬……66
表 4-8　Macgowan（1862）聲母構擬……68
表 4-9　Macgowan（1862）元音構擬……69
表 4-10　Jenkins（186？）聲音構擬……71
表 4-11　Mcintosh（1927）的輔音……71
表 4-12　[Φ]、[β]和'v 的特性……74
表 4-13　Mcintosh（1927）輔音構擬……75
表 4-14　Mcintosh（1927）元音尾韻母構擬……78
表 4-15　Mcintosh（1927）鼻音尾韻母構擬……78
表 4-16　Mcintosh（1927）入聲韻母構擬……78
表 4-17　Bourgeois（1941）輔音構擬……80
表 4-18　Bourgeois（1941）元音尾韻母構擬……82
表 4-19　Bourgeois（1941）鼻音尾韻母構擬……82
表 4-20　Bourgeois（1941）入聲韻母構擬……82
表 4-21　近代上海方言語音發展時期……83
表 5-1　現代上海方言尖音和團音的變化……86
表 5-2　十九世紀上海方言的舌根音……93
表 5-3　各時期的濁音標記……94
表 5-4　近代上海方言的元音……97
表 5-5　ien→ iɪ 的變化……99
表 5-6　n 韻尾的消失……99
表 5-7　現代上海方言的陽聲韻……100
表 5-8　Edkins（1853）中陽聲韻……101
表 5-9　美國傳教士記錄的陽聲韻……102
表 5-10　法國傳教士 Bourgeois 記錄的陽聲韻……103
表 5-11　1883 年法國傳教士記錄的陽聲韻……103

表 5-12　Edkins（1853）的入聲韻尾……105
表 5-13　Jenkins（186？）的入聲韻尾……106
表 5-14　Pott 的入聲韻尾……107
表 5-15　Mcintosh（1927）的入聲韻尾……108
表 5-16　Ho&Foe（1940）的入聲韻尾……109
表 5-17　Bourgeois（1941）的入聲韻尾……109
表 5-18　Edkins（1853）的聲調標記……112
表 5-19　教士記錄的聲調標記情況……113
表 5-20　Edkins（1853）兩字組的變調……114
表 5-21　老上海話兩字組變調調式……114

甲骨文基礎字形構形與使用研究

陳丹、高玉平 著

作者簡介

陳丹，男，1981 年 1 月出生，2005 年至 2007 年於安徽大學文學院先後師從徐在國、黃德寬兩位老師攻讀古代文字學碩士博士專業，2013 年至 2015 年於中國科學技術大學管理學院從事文化產業和企業文化博士後研究工作，2015 年轉任管理學院特任副教授，並擔任安徽大學漢語語言研究所古代簡牘保護專家，在古文字研究方向上主要以漢字發展理論和甲骨文爲研究對象，著有《論漢字性質複雜的原因兼談漢字的性質》等文章。

高玉平，女，遼寧朝陽人。師從著名古文字學家、古錢幣學家何琳儀先生，學習古文字、音韻、訓詁等，2007 年獲得碩士學位。同年考入安徽大學漢語言文字學研究所，師從黃德寬先生繼續深造，2010 年畢業獲得漢語言文字學博士學位。後進入浙江師範大學出土文獻與漢字研究中心工作，主持省級課題「江南青銅文化史」一項，參與並主持「中華字庫」子課題「散藏敦煌紙本文獻整理與研究（二）」（國家級課題），並在《古籍整理與研究》、《古漢語研究》等學術期刊上發表學術論文數篇。

提　要

重視實證是字形考釋研究取得長足進步的根本原因，但是這一科學方法卻未能在文字學理論研究方面獲得足夠的重視，一些基礎性的問題一直以來沒有獲得較爲一致的看法。爲了改變這一狀況，將文字考釋研究的優良傳統貫徹到理論研究中去，黃德寬師提出了以實證爲核心的漢字動態分析理論。

本文正是在此理論背景下展開相關研究。就樣本選擇來說，甲骨文是我們可以憑藉的最早的成系統出現的古文字資料。而甲骨文中的象形字、指事字，不僅保存了目前已知最早也是最爲可信的信息，同時又爲會意和形聲兩種構形方式提供了構形基礎。因此我們將象形、指事字統稱爲甲骨文基礎字形，並從漢字動態分析理論要求出發，堅持字形和使用情況的相關調查爲基礎，堅持實證原則以科學地數據分析結果爲論據，針對甲骨文基礎字形展開考察，意在促進相關理論問題的研究。

第一章中我們對前人有關基礎字形的理論加以梳理，考察相關理論的流變，爲有選擇的吸取前人討論成果打下基礎。第二章中，在黃師研究的基礎上，從形義關係以及闡釋者兩個角度提出象形結構內部分爲三個小類，並對這三個小類根本特徵加以總結概括。在第三章中我們除討論指事結構內部屬性迥異的三個小類之外，還在指事基礎字形研究的基礎上，進一步展開了關於指事符號性質的探討。第四章將結構類型和實際使用情況相聯繫，從本用借用的實際比例以及字義負擔繁重程度兩個方面，以較爲詳實的數據分析，證明了象形結構象形性的嚴重衰弱，形義關係的劇烈疏離以及闡釋者在構形方式調整中的重要作用等問題，並解釋了象形結構內部三個小類分類的合理性，三個小類在源起上的差異，象形結構構形方式調整的內在壓力等問題。在第二節中以同樣的方法，分析了指事結構內部三個小類的差異性，以及分類的合理性，並提出了三個小類在源起上可能存在的時間差異。第五章中我們就甲骨文字系統成熟度、甲骨文基礎字形的幾種調整方式、甲骨文構形方式調整的原因、甲骨文基礎字形形義關係的矛盾與統一、漢字體系是否是一個系統等幾個即獨立又相互關聯的問題展開了討論。

目次

緒　論 …… 1
一、甲骨文基礎字形構形與使用研究的理論背景 …… 2
二、論文的材料基礎及選題 …… 5
三、研究甲骨文基礎字形構形與使用情況的目的 …… 6
四、本文的研究方法與思路 …… 8
第一章　甲骨文基礎字形論說研究 …… 11
第一節　象形結構類型論說研究 …… 11
第二節　指事結構類型論說研究 …… 17
第二章　象形結構類型研究 …… 25
第一節　整體摹寫 …… 27
第二節　特徵摹寫 …… 41
第三節　附麗摹寫 …… 61
第三章　指事結構類型研究 …… 67
第一節　刻畫指事 …… 68
第二節　因形指事 …… 71
第三節　因聲指事 …… 78
第四節　因形指事抽象符號及其基礎字形研究 …… 80
第四章　甲骨文基礎字形使用情況分析 …… 91
第一節　象形結構類型使用情況分析 …… 92
第二節　指事結構類型使用情況分析 …… 96
第五章　甲骨文基礎字形構形及使用規律研究 …… 101
第一節　甲骨文基礎字形形義關係與甲骨文字系統成熟度判斷 …… 101
第二節　甲骨文基礎字形的幾種調整方式 …… 105
第三節　甲骨文構形方式調整的原因 …… 109
第四節　甲骨文基礎字形形義關係的矛盾與統一 …… 114
第五節　從甲骨文基礎字形看漢字體系是一個由構形方式決定的系統 …… 115
結　語 …… 117
參考文獻 …… 119
後　記 …… 125

緒　論

東漢許慎《說文解字・敘》有關「六書」的理論界說是對漢字結構理論研究的重要貢獻，在其後長達兩千年的時間內一直被視爲經典。但是受到客觀歷史條件的制約，長期以來的傳統文字學有關漢字結構理論的研究基本上是建立在以服務經學爲目的，以小篆以降的文字材料爲大背景，以零散單字爲對象的基礎之上，始終缺乏系統的、歷時的考察視角和研究方法。清季以降，隨著各種古文字材料的大批發現，傳統金石學歷久彌新，獲得了極大發展，並開始了它逐漸擺脫傳統小學的桎梏，嬗變成爲一門獨立的學科的煌煌歷程。20 世紀 30 年代以來，由於有意識的大量運用出土古文字材料，同時受到西方學術建立科學體系風氣的影響，以形體爲基礎的中國文字學理論體系逐步確立，並在諸如漢字起源、漢字字形發展演變、漢字性質以及漢字結構方法和類型等問題的理論研究上有進一步的發展。但是即便是唐蘭郭沫若這樣的學者亦未能取得根本突破，誠如黃德寬師指出的那樣：「中國文字學研究雖然取得了前所未有的成就，而漢字結構的理論研究卻沒能獲得根本的突破。」〔註 1〕

我們應當看到，《說文解字》是以 9000 多個小篆字形以及約 800 個左右的古文字字形爲考察對象，以對小篆形體進行靜態歸納分類爲根本方法的，而這

〔註 1〕黃德寬，漢字構形方式的動態分析〔J〕，安徽大學學報（哲學科學版），2003，(04)：1～8。

是其六書理論得以確立的兩大基石。其後近兩千年所有傳統意義上的文字學研究，也都是建立在這兩塊基石之上，即使是在漢語文字學理論體系確立以後，在相當長的時間裏，由傳統六書理論推演出的這種以單一歷史層面的文字形體為考察對象，以靜態形體分析歸納為手段的研究方法，仍然在自覺不自覺地影響著中國文字學的發展，而這也恰恰是漢字結構理論等相關問題的研究沒能獲得根本性突破的原因所在。

長期以來，學界存在著一個看似矛盾的現象，一方面很多學者深感傳統六書理論的不足，力圖推動漢字結構理論的進一步發展，並為此殫精竭慮，作出了一系列的貢獻，他們的努力在一定程度上打破了六書的框架，對傳統六書理論作出了部分的、甚至全盤的否定，並試圖重新擬構全新的理論框架。另外一方面，一部分學者繼續在傳統六書的理論框架內，對六書理論內部結構作了進一步的細化和調整，試圖在傳統六書理論框架下，進一步發展和完善傳統六書理論。但無論哪一種情況，六書理論的影響卻始終客觀存在，即使是對六書理論持全盤否定態度的研究者，也不得不正視這一點。而這個看似矛盾的現象也正說明，傳統六書理論體內即蘊藏著與生俱來的優長，也存在著固有的不可迴避的缺陷。

一、甲骨文基礎字形構形與使用研究的理論背景

傳統六書理論中以單一歷史層面的文字形體為考察對象，以靜態形體分析歸納為手段的研究方法，使得形體分析成為傳統六書理論的靈魂，而現代中國文字學也正是建立在形體分析的基礎之上的，所以任何想要繞過甚至摒棄傳統六書理論的做法都是徒勞的，因為只要是科學的漢字結構理論必定是以漢字特有的形體為對象，而只要以漢字形體為對象，也就必然會涉及漢字形體分析，這正是傳統六書理論的精髓所在，這一點也正是需要我們加以繼承的。同時我們還應該看到，由於種種原因，傳統六書理論這種單一、靜態的分析方法，沒有能夠闡明構形方式與結構類型的異同，沒有把漢字體系作為一個完整的系統加以關照，沒有引進歷時的動態的觀察視野，從而形成了一些固有的理論缺陷，使得很多理論問題很難找到圓滿的答案，而這同樣是需要我們運用更加科學的手段與方法，努力加以克服的。正如黃德寬師指出的那樣：「全面反思長期以來漢字結構理論研究的成果和方法是非常必要的。

幾乎無一例外，研究者對漢字結構的分析都是以全部的漢字爲對象的，不管是『六書說』還是『四書說』或『三書說』，都未能考慮漢字並非都產生於同一歷史層次而將它們進行分層次研究。籠統的類型性概括，雖然也能從一定程度上反映漢字結構的總體情況，但是這種概括是模糊含混的，建立在此基礎上的進一步的理論論斷就不一定正確科學。漢字構形方式的動態分析結果，要求我們不僅需要對漢字的結構進行類型性概括分析，也必須進行歷史的分層次研究，只有這樣我們才有可能對不同構形方式的特點和功能、漢字構形方式系統獲得全面正確的認識，才能對漢字結構理論、漢字的特點和性質這樣基本的理論問題做出比較接近事實的判斷。」〔註2〕

總的來說，如果想要進一步推進中國文字學中漢字結構等相關理論的發展，就必須正確認識傳統六書理論中帶有根本性質的優長與缺陷，並針對這些優長與缺陷，做好吸收和揚棄工作，並且首先在漢字結構理論研究方法上加以突破，才有可能爲漢字結構理論的發展做出更進一步的工作。

針對上述問題，黃德寬師在前賢時哲科學論述的基礎上，首先廓清了構形方式與結構類型的關係：「分析漢字的構成，實際上涉及到兩個有著密切聯繫又有一定區別的概念——構形方式與結構類型。構形方式是漢字形體符號的生成方式，結構類型則是對用不同構形方式構成的漢字進行共時的、靜態的分析歸納的結果。」〔註3〕黃德寬師同時還提出中國文字學研究中存在的帶有本質性的問題：「長期以來，文字學研究偏重漢字個體結構的分析，將不同歷史階段產生的漢字置於同一歷史平面作類型性概括，而較少重視對構形方式及其歷時發展的探討，故而在漢字構形理論的研究方面，得出許多似是而非的結論。」〔註4〕並在此基礎上第一次明確提出：「漢字構形方式是一個隨著漢字體系的發展而發展的動態演進的系統。在漢字發展的不同歷史層面，構形方式系統也有著相應的發展和調整。這種發展反映在漢字體系中，即是

〔註2〕黃德寬，漢字構形方式的動態分析〔J〕，安徽大學學報（哲學科學版），2003，（04）：1～8。

〔註3〕黃德寬，漢字構形方式：一個歷時態演進的系統〔J〕，安徽大學學報（哲學科學版），1994，（03）：63～71，108。

〔註4〕黃德寬，漢字構形方式：一個歷時態演進的系統〔J〕，安徽大學學報（哲學科學版），1994，（03）：63～71，108。

不同結構類型的漢字分佈情況的消長變化。」〔註5〕

隨著研究的深入，黃德寬師進一步對「漢字結構動態分析理論」應當注意的問題作了論述：「我們以爲當前關於漢字結構的理論研究，應注意從以下幾個方面著手，即：（一）古文字資料的全面運用，（二）研究方法和手段的改進，（三）理論視角的調整和闡釋水準的提升。『動態分析』正是基於上述考慮提出的。」〔註6〕同時在文章中，黃德寬師還就「漢字結構動態分析理論」的相關概念、概念之間的關係以及傳統理論研究的得失給予了進一步的闡釋和評價：「漢字結構的研究涉及到構形方式（或造字方法）、不同結構的字及結構類型三個不同層次的問題。所謂構形方式，指的是文字符號的生成方式，也即構造文字符號的方法；用不同的構形方式即構造出不同結構特徵的漢字；將不同結構特徵的漢字予以歸納分類就概括出不同的結構類型。對漢字結構的研究，通常是由單個漢字形體的分析，上陞到對結構類型的概括，進而認識到與結構類型相應的構形方式的。實際上，已有討論漢字結構的論著，基本上是對漢字系統單個形體符號進行共時的、靜態的分析歸納，對結構類型和構形方式一般不作明確的區分。李孝定先生曾指出：『中國文字學的研究，有靜態和動態兩面，靜態研究的主要對象，便是文字的結構。』〔註7〕這基本上反映了中國文字學關於漢字結構分析的實際。我們認爲，共時的、靜態的分析歸納，得出的只是漢字的不同結構類型。這種類型性概括，雖然不失爲研究漢字結構的基本手段，但是卻忽視了漢字體系的歷史演進，也掩蓋了漢字構形方式的發展變化，在此基礎上建立的漢字結構理論，只能是一個籠統而模糊的理論。」

在注重考察以上問題的同時，黃德寬師還要求我們一定要將漢字字形和實際的使用情況結合起來加以考察，只有這樣才能更加全面科學地揭示漢字構形以及演變的相關問題。這一點在對甲骨文字體系的考察中顯得更加重要，根據

〔註5〕黃德寬，漢字構形方式：一個歷時態演進的系統〔J〕，安徽大學學報（哲學科學版），1994，（03）：63～71，108。

〔註6〕黃德寬，漢字構形方式的動態分析〔J〕，安徽大學學報（哲學科學版），2003，（04）：1～8。

〔註7〕李孝定，從中國文字的結構和演變過程泛論漢字的整理〔C〕，李孝定，漢字的起源與演變論叢，臺北：聯經出版事業公司，1986：66。

王宇信、楊升南、管燮初等學者的觀點，甲骨卜辭系統並不是一種特殊的文體，而是以殷商口語爲基礎的書面語，甲骨文字系統則可以較好的記錄這一書面語言，因此從居於基礎性地位的甲骨文基礎字形入手，考察甲骨文基礎字形在卜辭中的實際用法，從形義關係原則出發將構形方式和結構類型結合起來加以研究，嘗試探索構形方式和結構類型的內在規律是有著新的意義的。

綜上所述，黃德寬師一再強調的漢字結構動態分析理論是指：在吸收傳統六書形體分析這一精髓的基礎上，注重古文字材料的全面運用，注重更加科學的理論的引入，在更加科學的單個漢字形體符號考釋的前提下，把零散的漢字作爲一個系統加以考察，以歷時的視野，動態的視角，在全面考察文字在各個歷史層面中實際用法的基礎上，觀察構形方式的發展與調整以及由此帶來的結構類型中漢字分佈情況的消長變化，從而揭示漢字構形方式系統的歷時態演進的客觀情況，並爲單個形體符號的構形方式的分析考察提供依據，進而爲單個未識漢字形體符號的考釋與闡釋提供理論支持。由此可見，漢字結構動態分析理論所蘊藏的根本方法恰恰完成了對傳統六書理論中單一層面靜態分析方法的全面繼承和全面突破，從而爲文字學相關理論以及研究的進一步發展提供了有效武器。

二、論文的材料基礎及選題

就現有條件來說，我們不僅擁有了數量較大的經過系統整理的甲骨材料，還有一批新材料逐步走入我們的視線。尤其是小屯以及花東甲骨的發現，大批珍貴的新材料抖落了歷史塵埃走進我們的視野。這不僅爲我們研究甲骨文字系統中的一些現象提供了新的材料基礎，也爲我們以甲骨文爲起點探求漢字系統演進過程中的一些規律帶來了新的契機。

雖然學界對甲骨文的成熟程度的認識還未能達成高度一致，但「殷墟甲骨文發現百餘年來，研究者已形成普遍的共識：殷墟甲骨文是現在所知的漢民族最早的成體系的文字」。〔註 8〕甲骨文是我們可以憑藉的最早的成系統出現的古文字資料，甲骨文尤其是甲骨文基礎字形也相應的保留了目前已知最

〔註 8〕黃德寬，殷墟甲骨文之前的商代文字〔C〕，荊志淳等編，多維視域——商王朝與中國早期文明研究，北京：科學出版社，2009：122～138 頁。

早也是最爲可信的漢字演變發展的痕跡，保存了很多「化石」般珍貴的「原始色彩」〔註 9〕，更爲可貴的是甲骨卜辭系統本身也有著前後兩百多年的演進歷史，而在這段演進歷史中又爲我們進一步觀察漢字演進中的各種現象提供了較爲確定時間座標。因此在新的科學的漢字動態結構分析理論背景下，利用甲骨卜辭豐富的成系統的「原生態」信息，對甲骨卜辭中的具有重要地位的基礎字形（即傳統上的象形以及指事結構類型）進行重新審視具有新的意義。

長期以來對於漢字構形方式的研究多立足於靜態考察之上，加之各種條件的限制，很多學者未能對甲骨文基礎字形在殷商甲骨中實際的使用情況加以考察，因此無論是對構形方式的研究還是對甲骨文字系統本身屬性的判斷上都有一定的局限性。出於研究漢字系統演進規律，進一步分析象形、指事構形方式探索甲骨文字系統本身的屬性，得出有實證的較爲科學的結論的需要，我們必須立足於已有和近出的甲骨文資料，對於象形、指事字相關辭例進行較爲全面的考察分析，通過詞義和字形之間變化關係這一視角，在動態的歷史使用演化過程中去探求象形、指事字的較爲科學的分類，並試圖發現象形、指事構形方式發生調整軌跡及其內在原因以及漢字系統自身的演進規律。

具體來說，如果我們將甲骨文基礎字形形體與其在實際使用過程中演變生成出的各類義項聯繫起來加以考察，把動態的構形方式的歷時動態演變與相應字義的實際使用情況有機結合，必將有利於我們進一步探索形義矛盾的產生發展規律，闡釋結構類型歸納過程中的種種現象和特點，揭示構形方式調整內在動因及其客觀結果。在此認識基礎上，本書將題目選定爲《甲骨文基礎字形構形与使用研究》。

三、研究甲骨文基礎字形構形與使用情況的目的

本書選題的目的和意義首先在於將在漢字結構動態分析理論視野下重新審視傳統的漢字結構理論。黃德寬師指出：「就古文字結構分析，指事、象形、形聲、會意確實可以涵蓋漢字字形的構成，是漢字構形的最基本方式。」〔註 10〕

〔註 9〕黃德寬，殷墟甲骨文之前的商代文字〔C〕，荊志淳等編，多維視域——商王朝與中國早期文明研究，北京：科學出版社，2009：122～138 頁。

〔註 10〕黃德寬，古漢字形聲結構論考〔D〕，長春：吉林大學博士學位論文，1996。

而如黃德寬師所述，目前各種試圖重新擬構漢字結構類型的嘗試，都因未能明確並且全面考慮到漢字並非都產生於同一歷史層次，加之籠統的類型概括所帶來的不可避免的含混性，使得建立在此基礎上的進一步的理論論斷就不一定正確科學。因此在漢字結構動態分析理論下將具有基礎性地位的象形、指事這兩種構形方式重新加以考察具有新的意義。比如，這將有利於我們正確地認識形聲結構類型的產生發展及其內在動因。再如，在指事結構類型的研究上，對指事符號的本體研究有利於我們進一步瞭解指事符號本體本身所具有的幾個特點，如：指事符號自身的抽象性、指事符號對於本字的依附性、指事符號數量上的唯一性、指事符號形式上的單一性、指事符號位置上的限定性等特點。我們希望通過我們的研究在上述思路的基礎上有所推進。

其次，對甲骨文基礎字形以及使用情況的研究有利於我們進一步認識甲骨文字系統的某些屬性。如：對於甲骨文字系統成熟度的判斷，學界一直有著不同的看法。有學者樂觀地認爲甲骨文字系統已經發展到非常成熟的程度〔註 11〕，有的則較爲保守地認爲甲骨文字系統尚處在發育過程之中。〔註 12〕伴隨著研究的深入，學界漸漸統一了認識，肯定了甲骨文字系統是一種比較成熟的文字系統。〔註 13〕

黃德寬師肯定了甲骨文字系統的成熟性，並從甲骨文符號的构成、甲骨文字的符號化程度、甲骨文字符號的書寫形式、甲骨文字符號的功能四個方面論述了甲骨文的成熟性，指出：「甲骨文是一種經歷了較長時間發展、功能完備、成熟發達的文字符號體系，它不僅是現在可以見到的最早的成體系的文字符號，也是迄今爲止可以確定的漢字進入成熟階段的體系完整的文字樣本。」〔註 14〕

判斷甲骨文字系統成熟程度四個方面的分析多著眼於甲骨文字形形體本

〔註 11〕李孝定，從六書的觀點看甲骨文字〔C〕，李孝定，漢字的起源與演變論叢，臺北：聯經出版事業公司，1986：68 頁，該文原載《南洋大學學報》1968 年第 2 期。

〔註 12〕郭沫若，中國古代社會研究·第三篇卜辭中的古代社會〔M〕，北京：人民出版社，1954：165～216。

〔註 13〕郭沫若，古代文字之辯證的發展〔J〕，考古學報，1972，(01)：1～16。

〔註 14〕黃德寬，殷墟甲骨文之前的商代文字〔C〕，荊志淳等編，多維視域——商王朝與中國早期文明研究，北京：科學出版社，2009：122～138 頁。

身，沒有將字形和字義的實際使用情況聯繫起來加以考察。爲此黃德寬師希望本文能夠從甲骨文基礎字形入手，對形義關係進行定量定性研究，進而爲甲骨文字系統的屬性判斷提供新的觀察基點。

再次，將歷時演進的甲骨文基礎字形與其相應字義的實際使用情況加以對照，並藉此方法進一步觀察形義矛盾的產生發展和彌合過程，瞭解闡釋者介入後對字形變化的影響，進而觀察在字形變化這一類現象的背後，構形方式發生調整的內在規律並以系統的觀點考察漢字體系是本文的另一個目的。由於動態結構分析理論具有將零散的漢字形體符號作爲一個系統加以觀察等優勢，加上我們將字義的實際使用情況又加以聯繫，使得我們有可能進一步推動漢字結構理論的發展。比如，我們可以探究，既然漢字系統在本質上已經是一個客觀事物，那麼它就必然有其發生發展的過程。以往我們歸類有困難的漢字形體符號，往往被看做是傳統漢字結構理論不夠嚴密的證據，但是如果能以動態結構分析理論爲指導，我們會發現這些可左可右歸類不明確的形體符號，恰恰反應了漢字系統客觀存在的發生發展過程，這些歸類不明的漢字形體符號，猶如最早登陸陸地的同時具有魚類特徵和爬行類動物特徵的「總鰭魚」一樣，是漢字系統演進過程中不可多得的「活化石」。再比如，指事結構類型的存廢，也是一個值得重新審視的問題。按照唐蘭先生的「三書說」指事結構並無存在的必要，但是我們如果以漢字結構動態分析理論去重新加以考察，我們可能會得出更爲科學的結論。

四、本文的研究方法與思路

在漢字結構動態結構分析理論的視野下，綜合運用歸納法、演繹法、比較法，全面梳理歷代對漢字基礎字形（象形、指事字）理論的研究和最新進展，並以殷商甲骨卜辭中的漢字基礎字形爲主要對象，聯繫這些字形在卜辭中實際使用情況，同時對一些典型字例有選擇的按照殷商、西周、春秋、戰國、秦漢（主要參考《說文》所收的小篆形體）五個歷史層面收集漢字字形，並在此基礎上考察象形、指事字在各個階段的發展、淘汰、改造、增加和變形等情況，給予其漢字動態結構分析理論下的綜合、分析和判斷，並對象形、指事構形分類等方面的特徵予以觀察分析，論述象形、指事結構在漢字構形方式系統發展中的地位，形義矛盾變化發展規律，闡釋者介入的影響，構形方式發展的內在動因，結構類型的特點和聯繫，進一步闡釋其構形功能發展演變的深層次原因等問題，並以此爲基礎進一步開展相關漢字理論的探討。

第一章　甲骨文基礎字形論說研究

第一節　象形結構類型論說研究

象形之論，以東漢班固、鄭眾、許慎三家爲早〔註1〕，而此三家又皆屬古文經學，其源皆出於劉向、劉歆之學。〔註2〕三家之中許慎之說最具代表性：「象形者，畫成其物，隨體詰詘，日月是也。」（《說文解字・敘》）「畫成其物」言其名實關係，「隨體詰詘」論其構形方法。許氏對象形的定義較爲精覈，帶給後世極爲深遠的影響。後代學者對象形之論雖在許慎基礎之上有所發展，但基本不出許氏之囿。然而在具體字形構形方式分析方面卻常與指事相混〔註3〕，而這主要是這主要是在對「物」的限定上有所偏差。

魏晉之際，所論六書頗少，晉衛恒論「象形者，日滿月虧，象其形也。」（《晉書・衛恒傳》引《四體書勢》）則較之許氏更爲粗疏。

唐代論象形者有之，如賈公彥《周禮注疏》：「云象形者，日月之類是也，象日月形體而爲之。」其所持皆由許慎之定義而稍發之，但所論皆流於其表，未有推進。稍後，徐鉉、徐鍇皆研說文之學，徐鍇《說文繫傳・通釋》曰：「日

〔註1〕裘錫圭，文字學概要〔M〕，北京：商務印書館，1988：98。

〔註2〕姚孝遂，漢語文字學史・序〔M〕，合肥：安徽大學出版社，2006：11。

〔註3〕裘錫圭，文字學概要〔M〕，北京：商務印書館，1988：99。

盈月虧，山拔水曲，金散而重，木挺而上，草聚而下，皆象形也。」又論：「大凡六書之中，象形、指事相類，象形實而指事虛。形聲會意相類，形聲實而會意虛。」（《說文繫傳·通釋》卷一）是爲「六書三耦」之論，其後世影響頗爲深遠，有人認爲後世之六書虛實論、楊愼之「經緯」說、戴震之「四體二用」論皆源出於此。〔註4〕不可否認，小徐之「六書三耦」說，能夠從字形構造的內在機制出發將前四書與轉注、假借加以區別，並試圖從字形字義的聯繫上探討漢字的構形特徵等做法較之《說文》確有進步，給了後人頗多啓迪。

宋元一代，金石學的興盛使得文字學的發展進入了一個相對繁榮的時期。王寧先生認爲：「宋明理學的興起，打破了漢代經今古文的成說，這個局面與唐代以尊漢爲主、經學的疏不破注風氣是很不一樣了。就思想史而言，宋明理學的思想禁錮有甚於兩漢的儒學；但就小學史而言，儒學越當代化，小學對經學的依附就越寬鬆。」〔註5〕宋代直至明代的經學興盛帶動了對於文字學研究的深入，出現了一批六書學著作，而有宋一代則以鄭樵爲代表。他在《六書略·六書序》中說：「象形、指事，一也，象形別出爲指事……六書也者，象形爲本……一曰象形，而象形之別有十種：有天地之形，有山川之形，有井邑之形……是象形也。推象形之類，則有象貌，象數，象位，象氣，象聲，象屬，是六象也，與象形並生，而統以象形。又有象形而兼諧聲者，則曰形兼聲，有象形而兼會意者，則曰形兼意……」可見鄭氏對於象形之界定雖仍未出許愼之窠臼，然而在對於象形的分類上，鄭氏將象形分爲「正生」、「側生」、「兼生」，共計十八小類，較之前人則更加精細，影響深遠，直至近代學者如胡樸安、楊樹達等對於六書分類的研究，仍然軌鄭氏之跡。但應該指出的是，鄭氏對於象形的分類，仍基於漢字符號所標指的義類的基礎之上，並未從象形的構形內在機制上進行審視，所以分類名目雖多，卻未達漢字構形原理之根本。

元代戴侗《六書故·六書故目》：「何謂象形？象物之形以立文，日月山水

〔註4〕黨懷興，宋元明六書學研究〔M〕，北京：中國社會科學院出版社，2003：237。
黎千駒，古代六書學研究綜述〔J〕，湖北師範學院學報（哲學社會科學版），2007，（05）：33～38。

〔註5〕王寧，宋元明六書學研究·序〔M〕，北京：中國社會科學院出版社，2003：3。

之類是也。」戴氏認爲：「書之興也，始於指事、象形，二者之爲文，凡獨體爲文，合體爲字，置於竹帛曰書。」（同上）戴侗將象形、指事列爲六書之本源，並從漢字演變的角度提出「凡文，象形者十而九傳寫轉易，或趨簡省，或加繆巧，浸失本眞」，故要「取象制文之本初」。（《六書故・六書故目》）這無疑在文字學的研究中是具有發展眼光的。但由於時代和古文字材料的局限，戴氏由今推古的研究方法注定不能取得實質的突破。

楊桓認爲：「凡有形而可以象之者，故模仿其形之大體，使人見之而自識，故謂之象形。」（《六書統》卷一）楊氏所謂有形可象即指象形文字對於事物特徵的摹寫，而「形之大體」又言及象形符號的抽象性。從這一點看楊氏對於象形文字的定義，把握了文字的概括性和抽象性。這是很有進步性的，但是，在對於象形文字的分類中，他說：「一曰天文，二曰地理，三曰人品，四曰宮舍……」（同上）其分類依據基本沿襲鄭樵，而未見新論。

明代趙古則認爲六書皆以象形爲本，他在《六書本義綱領・象形論》中說：「昔者，聖人之造書也，其肇於象形乎？故象形爲文字之本，而指事、會意、諧聲皆由是而出焉。象形者，象其物形，隨體詰詘而畫其跡者也。」所論於象形之定義相較前人未有發展。趙氏於象形之分類亦未能脫鄭樵之舊說。他分象形爲正生十種，兼生二類，此皆襲自鄭氏之說。

趙宧光《說文長箋卷首二・形第二・字母原》：「象形者，粗跡也，繪畫形似，而始君子小人可並通也。唐太宗敘聖教曰：象顯可徵，雖愚不惑，形潛莫睹，在智猶迷。」趙氏論象形，相較前人未有新意。但趙氏將象形和指事相比較，「以具體與抽象，易懂與難求來區別象形、指事……卻給清代一些學者的六書研究產生影響。」〔註6〕至於元明時代其它的一些學者，如元代劉泰《六書統・敘》、周伯琦《六書證訛》、明代吳元滿《六書正義》等，皆未立新說。

清代是文字學發展的重要時期，大師輩出，雖然在象形的研究上基本踵前代之跡，未見全面突破；然對於象形的分類研究方面，較之宋代鄭樵亦有一定的突破。戴震在《答江愼修先生論小學書》中提出了著名的「四體二用」說，這標誌著漢字構形研究的突破，在言及象形時曰：「象其形之大體曰象形，日月

〔註6〕黨懷興，宋元明六書學研究〔M〕，北京：中國社會科學院出版社，2003：107。

水火是也。」

段玉裁將象形分爲「獨體」、「合體」兩大類：「有獨體之象形，有合體之象形。獨體如日月水火是也。合體者，從某而又像其形。如『眉』從目而以象其形，『箕』從竹而以象其形，『衰』從衣而以象其形，『疇』從田而以象耕田溝詰屈之形是也。獨體之象形，則成字可讀；軵於從某者，不成字不可讀。……此等字半會意半象形，一字中兼有二者。會意則兩體皆成字，故與此別。」（《說文解字注・敘注》）分象形爲獨體、合體，可謂是以一種超越宋元以來意義範疇分類的科學研究視角，揭示漢字本身的构形特徵，但是言合體之「箕」、「衰」等卻又混淆了象形與其它構形方式的區別。這說明段氏的六書之界定原則亦是模糊的。

王筠分象形爲正例和變例兩大類。正例包括天地、人類、羽毛鱗介昆蟲、植物、器械等五類純形；變例又分十類，即有一字象兩形者，有由象形字省之，有避它字而變形者等。（《說文釋例》卷二）朱駿聲《說文通訓定聲・說文六書爻列》把象形字分爲象形、會意兼象形、會意形聲兼象形、形聲兼象形等四類。總而言之，王、朱二人分類未脫前人所論，亦過於詳細，象形兼類說更導致構形概念之模糊；而一字象兩形者亦不合漢字構形初始之原則。

另外清代的其它學者對象形亦多有研究，如鄭知同《六書淺說》、桂馥《說文解字義證》、江聲《六書說》、吳玉搢《六書部敘考》、黃以周《六書通故》、廖平《六書舊義》等，所論指事，皆可爲一家之言，可資參考。

現代六書學的研究承清代之風，他們大多能從象形文字的形體結構內在規律來觀察漢字構形規律；在對象形文字概念的嚴格界定的基礎上，給與象形這一構形方式以科學的分類。尤其是以于省吾、唐蘭等爲代表的一代學者結合新出土的古文字材料，開始從漢字發展史的角度揭示文字的構形特徵。

章太炎先生《文始》繼承了段玉裁的觀點把象形字分爲獨體與合體，例如：「果」與「朵」等是合體象形，是從字形結構的單純與復合的特點來對象形字進行分類的。姚孝遂先生對此表示了不同意見：「所謂『合體』應該是兩個以上獨立形體之『合』，『果』、『朵』分割之後，就無法成爲各自獨立之形體，因此，不能說果、朵爲合體象形字。」〔註7〕

〔註7〕姚孝遂，許愼與說文解字〔M〕，北京：中華書局，1983：26。

以楊樹達、沈兼士等爲代表的「形義派」〔註8〕是對宋元以來六書分類的一種繼承。他們在對象形的界定和分類時能利用出土古文字資料，這無疑是有進步意義的。但有時又脫離不了時代的局限。如楊樹達將象形分爲八大類，「獨體象形」、「複體象形」、「合體象形」、「狀事象形」、「象形加旁字」等〔註9〕，則顯過於瑣細，且分類標準和範疇亦不統一。

呂思勉先生於二十年代撰《中國文字變遷考》和《字例略說》，曾提出：「六書之說，出於漢代……隨至爲成說所拘，用力雖深，而立說終未盡善，此則尊古太過之弊也。予謂今日治文字之學者，當自立條例，不必更拘成說。」〔註10〕這是現代學者中首次提倡打破傳統六書模式，建立一種新的漢字結構系統。呂氏在論及象形時說：「象形，實居文字之初，其創制也，直取象於物，自無從更加以他字……而其晚出者，則或以加他字以見義。」呂氏又從文字構形角度認爲古者分象形爲「獨體」和「合體」兩類「其說極確」。他又將象形分若干小類〔註11〕，亦是基於漢字結構內部的一種分類，雖不甚嚴密，但亦頗具發展眼光。

于省吾先生雖未有研究六書學的系統論著，但他在《甲骨文字釋林》以及相關論文中亦可見對於漢字構形的論述。如于氏認爲：「形聲字的起源，是從某些獨體象形字已發展到具有部分表音的獨體象形字，然後才逐漸分化爲形符和聲符相配合的形聲字。」並詳細論述了部分表音的獨體象形字。這一類比較特殊的象形字構形方式，是于氏首先發現的。另外，有關于氏對於象形產生的論述亦值得關注。

胡樸安先生認爲：「凡有形之物，畫成其物之形，隨物之體而詰詘之。純粹之獨體，分析不開者，如日、月、山、水、耳、目……之類，爲象形正例。其非純粹之獨體，可以分析，惟分析爲二體或二體以上，必有一體不成文者，如石之口不成文，果之田不成文……之類，爲象形變例。」〔註12〕其說亦未出

〔註8〕黄德寬、陳秉新，漢語文字學史〔M〕，合肥：安徽教育出版社，2006：249。

〔註9〕楊樹達，中國文字學概要文字形義學〔M〕，上海：上海古籍出版社，2006。

〔註10〕呂思勉，字例略説〔C〕，呂思勉，文字學四種，上海：上海古籍出版社，2009：112。

〔註11〕呂思勉，字例略説〔C〕，呂思勉，文字學四種，上海：上海古籍出版社，2009：114～125。

〔註12〕胡樸安，中國文字學史〔M〕，北京：中國書店，1984：2。

前人所論。

唐蘭先生的《古文字學導論》是第一部系統闡述古文字學理論的專書。在文字結構理論方面第一次打破了傳統的六書說，提出了以「象形」、「象意」、「形聲」爲代表的三書說。他亦在他著中論及象形：「象形文字畫出一個物體，或一些慣用的記號，叫人一見就能認識這是什麼。畫出一隻虎的形象，就是「虎」字，象的形狀，就是「象」字，一畫二畫就是「一二」，方形圓形就是「□○」。凡是象形文字：一、一定是獨體字；二、一定是名字；三、一定在本名之外，不含別的意義。」〔註 13〕唐氏的象形說，可以說是已經擺脫了傳統六書學的一種新視野下漢字構形的的關注，是一種「三書」構形系統的象形論述，在漢字結構研究中具有重要意義。但是唐氏建構的象形卻並不嚴密。裘錫圭先生論及唐氏的象形說時指出：「象形、象意的劃分意義不大，唐先生自認爲三書說的分類非常明確，一點混淆不清的地方也沒有。其實象形、象意的界限並不那麼明確。」〔註 14〕

陳夢家先生認爲：「象形、假借、形聲是以象形爲構造原則下逐漸產生的三種基本類型。」〔註 15〕裘錫圭先生指出：「陳氏的三書說基本上是合理的，只是象形應該改爲表意（指用意符造字）。」〔註 16〕在裘錫圭改造後的「新三書」體系中，未有象形一說，而傳統象形字則分列於其「表意」構形方式下的抽象字、象物字、象物式的象事字等幾類之中。黃德寬、陳秉新認爲：「裘錫圭對漢字結構的研究全面深入，舉例豐富，分析精確，材料可靠，表明漢字結構理論的研究跨入了一個新的階段。」〔註 17〕

林澐先生《古文字研究簡論》根據漢字記錄語言的方式，在對古文字進行具體分析的基礎之上，提出了「以形表義」、「以形記音」和「兼及音義」說。其說亦是在唐蘭、陳夢家的三書說基礎上進行的修正，其主旨略同於裘氏。劉釗評曰：「他們（指裘錫圭、林澐）分別對『三書說』進行了補充，提出了新的分類。他們所立的名稱雖然有些不同，但可看出其主體思想是一致的。這是目

〔註 13〕唐蘭，中國文字學〔M〕，上海：上海古籍出版社，2001：66。

〔註 14〕裘錫圭，文字學概要〔M〕，北京：商務印書館，1988：105。

〔註 15〕陳夢家，殷虛卜辭綜述〔M〕，北京：中華書局，1988。

〔註 16〕裘錫圭，文字學概要〔M〕，北京：商務印書館，1988：106。

〔註 17〕黃德寬、陳秉新，漢語文字學史〔M〕，合肥：安徽教育出版社，2006：257。

前對漢字構成方式最爲完善的劃分，比『六書』更爲科學。」〔註 18〕

當代學者對於漢字構形之研究者頗眾，勝意紛出，其它如朱宗萊、何仲英、蔣善國、張世祿、林尹、李孝定、周有光、梁東漢、姚孝遂、詹鄞鑫等，皆於漢字構形理論有所修正，推動了漢字構形研究的深入發展。

第二節　指事結構類型論說研究

《周禮・地官・保氏》：「六藝：一曰五禮，二曰六樂，三曰五射，四曰五馭，五曰六書，六曰九數。」後漢鄭眾、班固、許慎皆論之。六書之指事，班固曰爲「象事」、鄭眾曰爲「處事」而皆未之詳論。許慎列指事爲六書之首，曰：「指事者，視而可識，察而見意，上下是也。」唐蘭先生言許氏之本意：「指事文字原來是記號，是抽象的，不是實物的圖畫。這些記號可能在文字未興以前，早就有了，在文字發生時，同時作爲文字的一部分。」〔註 19〕但是許氏對於指事的界定卻頗不嚴密。「視而可識，察而見意」只言指事文字所表現出來的一般特徵，這也是任何表意文字的共性，不可謂指事之特有，此界定與象形、會意之構形方式則極易混淆。裘錫圭先生說：「前者所代表的詞就是所象之物的名稱。後者用的是抽象的形符，所代表的詞不是『物』的名稱，而是『事』的名稱。這兩類的字的區別似乎很明確。但是，實際上卻有不少字是很難確定它們究竟應該歸入哪一類的。」

魏晉之際，所論頗少，晉衛恒：「一曰指事，上下是也。夫指事者，在上爲上，在下爲下，在上者指其上，在下者指其下也。一不成字，設其位，但具其形，不具其音。」

唐賈公彥《周禮注疏》曰：「處事者，上下之類是也。人在一上爲上，人在一下爲下。各有其處，事得其宜，故名處事也。」賈氏之說較之許慎，稍顯明晰，但從構形角度嚴格界定指事之性質；且改指事爲處事亦不必要，對上下二字的說解更謬。後徐鍇又論指事，言指事起自象形：「無形可載，有勢可見，則爲指事，上下之別，盈虧互對，有下有上，上之所以立，有上有下，下名所以生。」徐氏所言指事，則偏於一隅，揭相對以生指事，則不知相附亦指事構形

〔註 18〕劉釗，古文字構形學〔M〕，福州：福建人民出版社，2006：228。

〔註 19〕唐蘭，中國文字學〔M〕，上海：上海古籍出版社，2001：62。

之法。

有宋一代，六書學漸盛，逮至元明，則學者蜂起，以六書名其著者甚多。所持論亦多因襲許慎，而無多創獲。但對於六書分類之學，則成果可觀，中以宋鄭樵爲宗。

鄭樵《通志・六書略》曰：「六書也者，象形爲本。形不可象，則屬諸事；事不可至，則屬諸意；意不可會，則屬諸聲。聲無不諧矣，五不足而後假借生焉。」臺灣學者李孝定〔註 20〕又將指事與象形、會意二法相比較，曰「指事類乎象形，指事，事也；象形，形也。指事類乎會意，指事，文也；會意，字也。獨體爲文，合體爲字。形可象曰象形；形不可象者，指其事曰指事。此指事之義也。」（《六書略・指事第二》）鄭氏大言象形、指事、會意之別，基本能從構形角度出發，但說解流於其表，亦不甚分明。將指事多分兼類，則又混淆與他書之別，故所列字例問題頗多。近人胡樸安《六書淺說・六書通論》論其所舉「史」、「古」、「章」等字：「皆會意也，鄭氏皆收於指事正生類中。……此鄭氏之誤也。」〔註 21〕

張有：「二曰指事，事猶物也。指事者，加物於象形之文。直著其事指而可識者也。如本末叉叉之類。」（《復古編》）張氏所論指事，意較許慎更明，其所謂「加物」之「物」，從字例來看，當爲指事符號，但指事之文，並非僅「加物於象形」類，胡樸安說：「張有指事之說，是指事變例之一種。『本』、『末』等字，後人所謂形不易象而變爲指事者也。」〔註 22〕明代趙宧光認爲這種觀點不是「指事說」，而是「附體說」，是「旁門」之說，則言又過矣。

元代戴侗《六書故・六書故目》：「書之興也，始於指事、象形，二者謂之文。」「文，母也；字，子也。象形、指事，文居多，諧聲、會意皆字也。」又曰：「何謂指事？指事之實以立文，一二上下之類是也。」戴侗認爲指事、象形爲六書之本原，以「指事之實以立文」言指事之法，雖得構形之眞，則

〔註 20〕《漢字史話》此說：「六書者，象形爲本，形不可象，則屬諸事；事不可至，則屬諸意；三不足而後假借生焉；假借者，以聲爲本，注之形而爲形聲，聲則無不諧矣。其或時地既殊，聲音或異，則別出爲轉注。」見，李孝定，漢字史話〔M〕，臺北：聯經出版事業公司，1977：41。

〔註 21〕《說文解字詁林・前編中・六書總論》，第 149 頁。

〔註 22〕胡樸安，中國文字學史〔M〕，北京：中國書店，1984：225。

過於粗疏。但曰象形、指事，文居多，能認識到指事、象形非單獨體，亦符合客觀實際。

楊桓《六書統》則別出前說，認爲象形、會意爲文，而餘者四書爲字：「蓋六書有象形、會意而後有指事轉注形聲假借……六書之四者雖不同，亦不逃於形意主賓之配合也。」楊氏引用鐘鼎銘文，發現一些會意字產生時間頗早，故有此論。楊氏又分指事爲九：直指其事、以形指形、以意指意、以意指形、以形指意、以注指形、以注指意、以聲指形、以聲指意等。其分類繁雜，名目頗多，概念混淆，後人多所詬病。

劉泰《六書統・敘》：「文既成於象形會意而理不能該者，則事生焉，雖有似乎人爲，其實亦算不因其自然之理也。如本末之類，指其木之下者爲本，指其木之上者爲末也。」趙宧光論曰：「所引諸字，皆因形指事，指事之一端矣。」（(《六書長箋》卷一)

明代趙古則著《六書本義》曰：「事猶物也，指事者，加物於象形之文，直箸其事，指而可識者也。聖人造書，形不可象則屬諸事，是以其文繼象形而出。象形，文也，指事，亦文也；象形，文之純，指事，文之加也，故曰正生附本，蓋造指事之本附於象。」趙氏界說指事，則承於張有，謂指事爲「文之加」，則又與「指事亦文矣」相矛盾，可見，趙氏對於指事之界定仍未精密。趙氏又分指事爲正生、兼生二類，正生按義分十類，兼生按形分二類，與鄭樵說大同小異。

吳元滿《六書正義》曰：「二曰指事，加畫於形體之上以成文。」《六書總要・指事論》：「聖人造書，形不可象則屬諸事，其文有加，既不可謂之象形，而所加之物又不成字，亦不可謂之會意，居文字之間，故曰指事。或轉體以別義，或加物與形體之上以成文，或省形體之半以取義。」又分正生兩種：一轉體指事，二加體指事；變生一種：省體指事；兼生一種：事兼會意。吳氏之論指事頗爲細緻；其分類亦可遵循字形構造之法，尤其從指事中分出「轉體指事」，如反正爲乏等，此類前有學者指爲轉注之類，自吳氏始才歸入指事，雖後世有爭議，但亦可見吳氏之見識不群。至於其總體分類，則較之鄭樵、趙古則輩，則更爲科學。

趙宧光《說文長箋》列前人六書之說，稍評議之。其言指事：「事者，指其事也，結繩一變，中古再作，以墨代繩，易半難窮，其文簡，其用博，書之初，故第一。」（《說文長箋》卷首一）「指事、象形，易混也。示以心，曰指事。示以目，曰象形。」〔註23〕趙氏論指事嬗變自結繩記事，而象形源自於圖畫，頗能給人啓迪。趙又分指事爲二：「指事有二：一獨體指事，爲二三十之類；一因形指事，上下本末之類。」蓋此分類，以漢字構形爲本，定義明晰，分類合理，現代學者於指事之分類仍之，如陳世輝、湯餘惠《古文字學概要》於指事之分類，仍類似於趙氏，（《說文長箋》卷六）可謂影響深遠。

餘者周伯琦、趙撝謙、魏校、楊愼、王應電輩皆有所論，亦各頗有勝義，但囿於時代，皆未能突破傳統六書學之藩籬。

有清一代，語言學全面發展，在顧炎武的倡導下，開啓了一代學風，文字學亦顯興盛。乾嘉之際，《說文》研究之風大盛，戴震、段玉裁、王念孫等大師輩出，使文字學獲得全面之發展。

戴震在《答江愼修先生論小學書》中說：「大致造字之始，無所凴依，宇宙間事與形兩大端而已。指其事之實曰指事，一、二、上、下是也；象其形之大體曰象形，日、月、水、火是也。」

後段玉裁傾其畢生完成《說文解字注》三十卷，洋洋灑灑，蔚成大觀。清盧文弨序之，曰：「蓋自有《說文》以來，未有善於此書者。」〔註24〕其論六書之指事曰：「指事之別於象形者，形謂一物，事晐眾物，專博斯分。故一舉日月，一舉上下。上下所晐之物多，日月只一物。……合兩文爲會意，獨體爲指事。」（《說文解字注・敘注》）王筠說：「所謂視而可識，則近於象形，察而見意，則近於會意。然物有形也，而無事形。……上下非本物也，然視之而已識上下之形，……指事二字，須分別說之，其字之義，爲事而言，則先不能混於象形矣；而其字形，非合他字而成，或合他字而其中仍有不成字者，則又不能混於會意、形聲矣。以是而名爲指事，斯爲確見也。」段、王對於指事之論，相較而言，頗合指事之旨。黃德寬師、陳秉新《漢語文字學史》：「段、王之說，基本上概括了『指事』的特點：第一指事字所指（或象）的是兼晐眾物的抽象之形；第二，指事字的結構是獨體字，或合他字而其中仍有不成字者，即在獨體字上加指事符號。」〔註25〕但是，段王二氏皆想別指

〔註23〕陳世輝、湯餘惠，古文字學概要〔M〕，長春：吉林大學出版社，1988：34。

〔註24〕段玉裁，說文解字注〔M〕，上海：上海古籍出版社，1988：790。

〔註25〕黃德寬、陳秉新，漢語文字學史〔M〕，合肥：安徽教育出版社，2006：121。

事於象形、會意，「實際效果反而更亂」。〔註 26〕

清代其它學者論指事者亦頗多，如鄭知同《六書淺說》、桂馥《說文解字義證》、江聲《六書說》、吳玉搢《六書部敘考》、黃以周《六書通故》、廖平《六書舊義》等，皆能以六書析字形，對於指事之界說及分類亦各有所長。

晚清以降，隨著古文字材料的陸續發現，國外語言學理論的不斷引進，繼孫詒讓、羅振玉、王國維等大家之後，我國形成了一支實力雄厚的古文字專家隊伍，湧現出董作賓、郭沫若、于省吾、唐蘭、陳夢家、胡厚宣、容庚、商承祚等著名學者。他們多結合新出古文字材料，完善和豐富了漢字構形理論，出現了很多有關漢字構形學的新的理論。其中以于省吾、陳夢家、唐蘭、裘錫圭等爲代表。

朱宗萊《文字學形義篇》:「若夫指事之文，許君亦往往言象某形，則以造文之初，慮只象形一例，厥後無體可象，乃始變通成法，形意兼施，虛實互用，上以濟寫實之窮，下以開會意之先，後人分別言之，目爲指事，推原其始，因一本小變而已。」

楊樹達在文字學理論方面也頗有建樹，他曾費多年心血構思出《文字形義學》。黃德寬師、陳秉新評說:「不僅吸收了前人和時賢的研究成果，也是作者數十年治文字學、古文字學、訓詁學、音韻學的結晶，在『形義派』著作中是體系精密、價值較大的一部。」〔註 27〕楊氏論指事曰:「指事者，符號也。爲主觀的、創造的、抽象的。先有字而後有形，是爲形生於字。」又分指事爲七類：獨體指事、複體指事、合體指事、部分指事、變體指事、指事加形旁、指事變爲形聲。楊氏之界說指事頗爲籠統，但就其分類而言，則又能從字形構造角度詳談之，分類種目頗細，但過於瑣碎；多分兼類，則又有概念混淆，界說不明之嫌。

呂思勉先生爲一代史學巨擘，於文字學方面亦有涉獵，且頗有建樹。如首倡革新六書之說，影響頗大。但言指事，則偏執於一隅。他在《字例略說》中說:「許敘指事，鄭司徒作處事，知指事即處物。處物者，因其物之所在，以定其字之義。亦爲合體之字。所以異於會意者：彼合兩字之義，此則兩體之中，

〔註 26〕高明，中國古文字學通論〔M〕，北京：北京大學出版社，2006：47。

〔註 27〕黃德寬、陳秉新，漢語文字學史〔M〕，合肥：安徽教育出版社，2006：248。

其一爲實物耳。」〔註 28〕此於指事之界定，亦忽略指事有符號類之別。而呂氏又斥古文字材料，甚至認爲「以本末尺寸爲指事者，此則爲段氏改上下爲二二所誤」，則更謬矣。

戴君仁著有《中國文字構造論》，擺脫了傳統六書學的束縛，「改弦更張，另起爐灶」，〔註 29〕試圖重建漢字構形理論體系，如分漢字構形爲形表法、義表法、形義兼表法、取音法四類，每類之下又多分細類，共十四類。而傳統六書學之指事，則化入戴氏形表法之列，如所言借象形表法、符號指表法等。

馬敘倫《說文解字六書疏證》別具一格，何九盈稱此書爲「標誌著二十世紀《說文》研究成果的總結性巨著之一種」。〔註 30〕馬氏論曰：「其實指事、會意都是象形，不過所謂六書裏的象形，是單純的，象物體的，指事、會意都是複體的象形，是表示物體上發生變化的。」

于省吾先生雖未系統論述六書之學之專著，但其論著中亦多涉及漢字構形之學，時時能發人深思。如言指事曰：「六書次序以指事、象形爲首，但原始指事字一與二三亖積畫之出現，自當先於象形字，以其簡便易爲也。……原始人類社會，由於生產與生活之需要，由於語言與知識之日漸進展，因而才創造出一與二三亖之積畫字，以代結繩而備記憶。」〔註 31〕此說雖秉於前人，而更詳之。另外，于氏又發見指事字中有「附畫因聲指事字」。〔註 32〕黃德寬師、陳秉新《漢語文字學史》評曰：「這兩種通例（另一種爲「部分表音的獨體象形字」）的發明，突破了傳統的六書說，是漢字結構理論研究的突破。」〔註 33〕

唐蘭可謂現代漢字構形學的奠基人之一，他的《古文字學導論》是系統建立現代文字學理論的開山之作。後撰《中國文字學》，其思體愈精。所倡三書之論，更是漢字構形理論的一個創舉。其論指事則曰：「指事文字原來是記號，是抽象的，不是實物的圖畫。這些記號可能在文字未興以前，早就有了。

〔註 28〕呂思勉，文字學四種〔M〕，上海：上海古籍出版社，2009：149。

〔註 29〕戴君仁，中國文字構造論・自序〔M〕，臺北：世界書局，1980：2。

〔註 30〕何九盈，中國現代語言學史・第五章〔M〕，廣州：廣東教育出版社，2000。

〔註 31〕于省吾，甲骨文字釋林〔M〕，北京：中華書局，2009 年：95。

〔註 32〕于省吾，甲骨文字釋林〔M〕，北京：中華書局，2009：445。

〔註 33〕黃德寬、陳秉新，漢語文字學史〔M〕，合肥：安徽教育出版社，2006：160。

在文字發生時，同時作爲文字的一部分……這種記號引用到文字裏，他們所取的也是圖畫文字的形式，所以依然是圖畫文字的一類，也就是象形文字。」〔註 34〕按此，唐氏將指事併入其三書中之「象形文字」。

陳夢家在唐氏三書說的基礎上重新構建三書之論，曰：「象形、假借、形聲是從以象形爲構造原則下逐漸產生的三種基本類型，是漢字的基本類型。」〔註 35〕後林澐、裘錫圭踵之，更爲三書。如裘錫圭言：「把漢字分成表意字、假借字、形聲字三類……這樣分類，眉目清楚，合乎邏輯，比六書說要好得多。」〔註 36〕在他們的構形理論中，傳統六書之指事，已然湮滅於其三書之中。但這些理論的誕生，卻「反映了當前中國文字學理論研究的最高水平」。〔註 37〕現代在漢字構形研究方面學者蜂出，成果層出不窮。其它如何仲英《新著中國文字學大綱》、蔣善國《中國文字之原始及其構造》、《漢字形體學》、張世祿《中國文字學概要》、梁東漢《漢字的結構及其流變》、林尹《文字學概說》、任學良《說文解字引論》、詹鄞鑫《漢字說略》、周有光《比較文字學初探》、張玉金《漢字學概論》等，百花齊放，在傳統六書理論的基礎之上，各陳新解，大大推動了現代漢字構形理論研究的發展。

〔註 34〕唐蘭，中國文字學〔M〕，上海：上海古籍出版社，2001：62。

〔註 35〕陳夢家，殷虛卜辭綜述·第二章〔M〕，北京：中華書局，1988。

〔註 36〕裘錫圭，文字學概要〔M〕，北京：商務印書館，1988：107。

〔註 37〕嚴修，二十世紀的古代漢語研究〔M〕，太原：書海出版社，2001：424。

第二章　象形結構類型研究

象形結構向來被認爲是較爲簡單的一個類型，這多是因爲該類型單從字形上講有著較強的圖畫色彩，「所有一切古文字的基本形體都是客觀事物的圖像，以此作爲記錄語言的符號」。〔註 1〕如果我們從象形字形的二維平面結構的固有屬性出發，認爲象形結構有著很強的圖畫性是無可厚非的。

然而如果我們從卜辭實際使用的情況來看，做爲具有基礎性地位的象形結構類型卻並沒有在卜辭中表現出很強的象形性。這也促使我們有必要進一步加深對象形結構的研究，藉以揭示漢字構形的內在特點。因此對象形結構類型的調查以及分類研究就成爲又一項基礎性的工作。先賢時哲也曾對象形結構類型進行過細分，如南宋鄭樵在《六書略》中將象形分爲「有天物字形、有山川之形、有井邑之形、有鬼物之形……是象形也。推象形之類，則有象貌，象數，象位，象氣，象聲，象屬，是六象也……又有象形而兼聲者，則曰形兼聲，有象形而兼會意者，則曰形兼意」等所謂「正生」、「側生」、「兼生」三種，共計十八類。元楊桓也將象形分爲十類：「一曰天文，二曰地理，三曰人品，四曰宮室，五曰衣服，六曰器用，七曰鳥獸，八曰蟲魚，九曰草木，十曰怪異。」應當講，通過進一步細分象形結構類型，試圖揭示象形結構類型內在結構規律的思路是正確的，鄭樵的分類也在《說文》簡約的定義描述上更進了一步，而後

〔註 1〕姚孝遂，許愼與說文解字〔M〕，北京：中華書局，1983：24。

世很多學者「多沿襲鄭樵的分類，或稍作改造而已」。〔註2〕實事求是地說，如果始終把各種表面現象作爲分類的基礎和依據，就喪失了分類的意義。

時至清代，段玉裁在《說文解字注》中認爲象形結構類型中有所謂合體象形的情況：「有獨體之象形，有合體之象形。獨體如日月水火是也；合體者從某而又像其形，如眉從目而以象其形，箕從竹而以象其形……獨體之象形則成字可讀，輒於從某者不成字不可讀。」由是可見段玉裁已經發現如「眉」這一類的象形結構迥異於其它的象形結構，但是且不論「箕」的類屬劃分是否正確，單就合體象形名稱來說尚可商討，此名稱一方面易於混同於會意，另一方面並沒有突出「眉」這一類象形字的形義關係特點。

黃德寬師在論述形聲字分類時指出：「（漢字）分類研究的目的是……透過各種紛紜複雜的現象揭示其本質，而不是僅僅就各種表面現象進行簡單描述。」〔註3〕與形聲結構類型分類研究類似，象形結構類型分類研究的目的同樣在於更好的揭示象形結構類型變化發展的本質特點和一般規律，因此象形結構類型的分類研究應該具有更廣闊的視角和更深入的觀察。

就象形結構類型構形本質而言，形義關係是其構形的核心，在調查象形結構類型字符形體承載和表達的本義、引申義以及卜辭中實際用義的聚合疏離情況的基礎上，通過進一步觀察形義矛盾在卜辭的實際使用過程中的實際變化發展情況，努力探求形義之間的疏离對構形方式的歷時演進產生了怎樣影響，成爲我們進行分類研究的根本動因和主要依據。在以往象形結構類型分類的基礎上，黃德寬師在八十年代初油印講義中提出了將象形結構類型分爲：「整體摹寫」，「特徵摹寫」，「附麗摹寫」三種基本類型。我們認爲這三種基本類型的劃分原則反映了字形字義的聚合疏離關係以及形義矛盾嬗變的一般規律，符合我們上述分類型研究的根本出發點，爲我們更深入的考察象形結構類型的內在演進規律提供了基礎。爲了更便於描述，在黃德寬師分類名稱的基礎上，同時參考殷商時期形義關係以及後世字形演變情況，我們將象形結構類型的三種基本類型分別稱爲：1.整體摹寫；2.特徵摹寫；3.附麗摹寫。以下將用例證作進一步說明。

〔註2〕黨懷興，宋元明六書學研究〔M〕，北京：中國社會科學院出版社，2003：96。

〔註3〕黃德寬，古漢字形聲結構論考〔D〕，長春：吉林大學博士學位論文，1996。

第一節　整體摹寫

摹寫事物的客觀外在輪廓而產生的象形字稱爲整體摹寫象形字，由這些字組成的集合叫做整體摹寫結構類型。整體摹寫型結構類型是象形結構類型的代表類型，許慎給象形下的定義與這一類型高度的吻合，所謂「象形者，畫成其物」很大程度上符合這個類型的構形實際。整體結構類型的特點是以客觀事物的外在形態爲摹寫對象，在二維平面結構中勾勒出摹寫對象的輪廓，並以此輪廓作爲字形，而只有當摹寫對象的可摹寫性較高（即指能夠相對容易地勾勒出形義聯繫緊密的字形）的情況的下才能運用整體摹寫構形方式去完成形體構形，因此此類象形字的字形象形程度高，字形結構簡單，在字義上一般都涵蓋了一個較大的意義範疇（如大之類的象形字事實上包含了人的一切外在器官，意義範疇大於目、止之類的表達單個器官的象形字所涵蓋的意義範疇，二者之間是全集和子集的關係），其字形所承載的字義是社會生活中常用意義，形義關係結合緊密，一般無需闡釋者主觀經驗背景過多介入，因此該類象形字其歷時形體變化相對較小，闡釋難度低。概括起來說，整體摹寫象形字特點爲：1、承載著社會生活中常用的整體意義範疇；2、字形爲獨體字且象形程度高；3、形義關係緊密闡釋難度小。

由於這一結構類型的象形字一般都是對現實的可摹寫性很高的客觀事物加以摹寫，因而以形表意的原則在這一子結構類型中也可以得到順利貫徹。相對於後兩個子結構類型來說，該類型中的字符形體的每一個部分在表義過程中都居於同等重要的位置，一併成爲詞義傳達的必要因素（受所摹寫的客觀事物限制，此結構類型中的象形字字形主體部分一般不會任意增減或改變組合關係或位置關係），字形所承載詞義的形體和字義之間結合緊密，字形結構穩定性相對較高，在隸變以前的古文字階段一般不易因字形的重大譌變而導致構形方式的變化，故不會改變其結構類型的歸屬。

同時我們還應注意到，象形結構類型在甲骨文中用其假借義的比重很大（此類數據分析進而參見第三章），但這些假借義相對於本義來說對字形的結合往往僅僅是語音上的聯繫，其字形與這些假借義關聯程度較小，而其本義一般同時保留，字形闡釋者一般不將這些假借義與其字形直接相聯繫，而更多的將本義與形體結合起來加以闡釋，因而使得這些假借義對字形演變的影響較小，一般不會對構形方式產生質的影響，不會改變其結構類型的歸屬，而一點也基本適用於其它兩個子結構類型。例如：

山，卜辭中實際用義爲：1 山嶽；2 山神；3 地名；4 人名。其字形歷時演變軌跡如下：

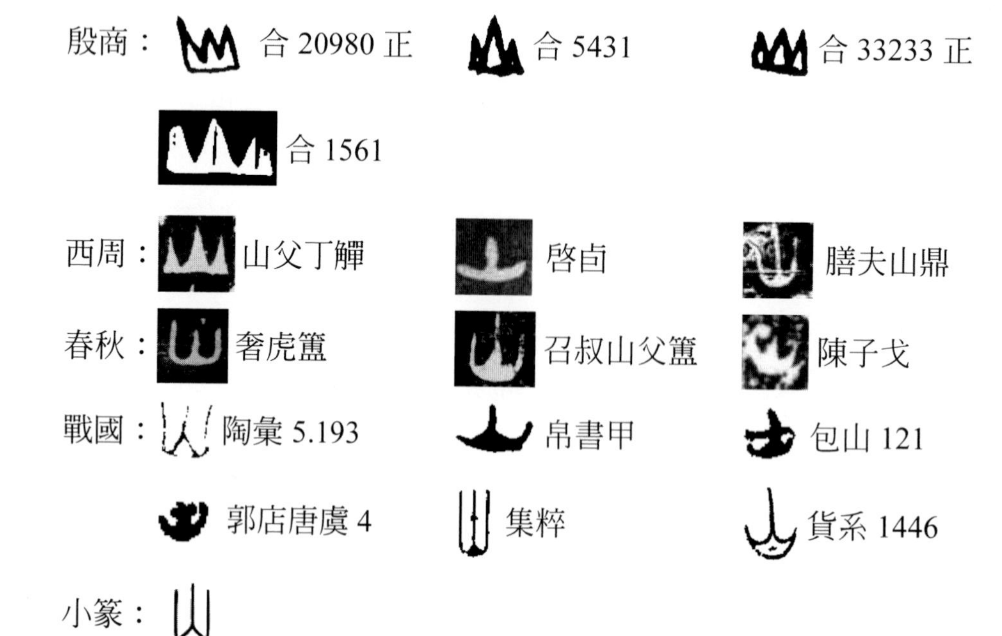

《說文》：「山，宣也。宣气散生萬物，有石而高。象形。」字形說解與甲骨不合。《譜系》「甲骨文山，象山峰並立之形」，可從。在甲骨文中山有用其本義、引申義。其字形取象與自然界的群山，並加以抽象概括，以三峰代表群山。與後代凸顯中間一峰不同，甲骨文中的三峰之間的高度並沒有嚴格的區分，左右兩峰的高度也並不一定相同。自西周以降，三峰的形體特徵被繼承下來，中間一峰的形體基本延續了甲骨時期的象形特徵，而兩側山峰最遲在西周時期已經線條化，並且從字形美觀的角度出發，兩側的山峰的高度趨於對稱，並呈現出略矮於中間一峰的趨勢，其字形最遲至春秋時期已經基本定型，戰國文字與小篆形體再無大的變化。

山本義爲山嶽，甲骨文中用其本義，如：「奏山日南雨」（乙 9067）。我們看到山嶽的本義由三峰並列的形體來表達，這個形體的每一個部分都平等的參與到字義的表達中來，即使在兩邊山峰線條化以後這種情況依然沒有改變，同時中間一峰看似被凸顯，但這一特徵並不產生區分字形的作用，僅僅是出於美觀的考慮，因此山字形中的每一個部分都不分主次共同承擔字義表達。山字其引申義：山神，如「尞山」（合 20980），與其本義聯繫較爲緊密，理解起來相對容易。另外其字形主要假借為人名、地名，其歷代使用頻率低於其本義引申義使用頻率，與字形關聯程度小，因此其字形已經可以較好的完成了各個義項的表達，其字形構形方式也無外在變化的要求，從而決定了山字形體及其結構類型的基本穩定。

水，卜辭中實際用義為：1 水；2 洪水；3 地名。其字形歷時演變軌跡如下：

殷商：合 33349 　合 24443 　合 33347

英 2593　合 22288

西周：啓作祖丁尊

沈子它簋蓋

同簋

春秋：未見獨立字形

戰國：十鍾 　陶彙 5.274 　郭店太一 1

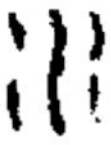

小篆：

《說文》：「水，準也。北方之行。象眾水並流，中有微陽之气也。」字形說解基本準確，但「中有微陽之气也」之說偏於臆想。《譜系》：「水，甲骨文、金文均象流水形。戰國文字承襲金文，或在行筆略作變化。以準釋水，屬聲訓。」可從。象流水，兩側數點象水流微漾之形，中間實筆多曲折象徑流之形而非「微陽之气」，川本義為河川，從水，如：合 3748  屯 2161，象兩岸夾河流之形，可證水之構形本意。西周以降字形未有變化，歷代承襲關係清晰，至小篆時字形仍與甲骨文極近。

水本義即為水，其本義由中間實筆和兩側數點共同擔負，並無主次之分，未發現簡省中間實筆作形的水字，可見水之本義是由其字形中每一部分平等參與表達的，字義字形結合緊密。甲骨文中水還引申為洪水，如「在先不水」

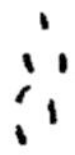

（前 2・4・3）或借為與水相關的地名「戊子，貞：其尞於亘水泉」（甲 903），而這些意義與其字形關係同樣較為密切，水字形體本身構形筆畫亦不複雜，因此構形方式並無調整的內在要求，故水之構形方式未有大的變化，結構類型亦保持穩定。

鳥，卜辭中實際用義為：1 鳥；2 祭牲；3 地名；4 星名。其字形歷時演變軌跡如下：

西周：鳥簋　癸鳥尊

春秋：衛夫人文君叔姜鬲

子之弄鳥尊

戰國：雲夢日甲 49 反　雲夢日甲 59 反

小篆：

《說文》：「鳥，長尾禽總名也。象形。鳥之足似匕，从匕。」殷商甲骨文金文象鳥形，鳥首、鳥喙、鳥尾、鳥爪清晰可辨。西周及西周以後，未有大的變化，春秋時期鳥尾、鳥首的特徵被較為完整的繼承下來。戰國文字鳥首、鳥喙特徵退化，鳥尾的特徵繼續被保留，鳥爪譌為匕形，成為小篆所本。

鳥本義為鳥，甲骨文中見其本義，而其字形對字義的表達契合「畫成其物，隨體詰詘」的描述。西周、春秋時期象形程度仍很高，但有了特徵摹寫的傾向，即將鳥的主要特徵鳥尾作為表意的主要擔負者，但各個歷史時期均未出現僅僅用鳥尾來表達字義的例證，相反我們在觀察郭店老甲 33、中山雜器這樣的字形時，可以看出在鳥各個主要標誌都已經不甚明顯的情況，但其字形仍能勾勒出鳥之大致輪廓，我們仔細觀察仍能依稀分辨出鳥之形態。甲骨文還見其引申義爲祭牲鳥，與其本義聯繫緊密，字形表達字義無障礙。其在卜辭中的假借義爲地名如：「……卜，使人於鳥」（鐵 43・3）或星名如：「……鳥星……」（乙 6664），這些假借義在殷商以後逐漸廢止且與字形關聯程度較小，而其本義卻依然沿用，字形與字義結合緊密，能夠完成字義表達的需要，因此鳥的構形方式未作調整，結構類型未有變動。

以上三例的摹寫對象皆爲自然界習見對象，就整體摹寫類型中以人體器官和人類社會中客觀存在的器物爲摹寫對象的象形字來看，其構形方式結構類型的演進規律也大體相同。如人體器官類的有：

耳，卜辭中實際用義爲：1 耳朵；2 貞人名。其字形歷時演變軌跡如下：

殷商：合 20338　合 21099　合 14755 正

懷 955　耳壺　耳戈

西周：亞耳祖丁尊　耳作父癸器

春秋：無

戰國：包山 34　郭店語叢 1.50　璽彙 2917

小篆：

《說文》：「耳，主聽也。象形。」其本義不僅見於甲骨文且沿用至今，假借爲貞人名至周代便廢止，其字形勾勒出耳之輪廓，至戰國線條化趨勢顯著，但仍不失耳之大體輪廓，在歷時過程中其構形方式一致，結構類型穩定。

自，卜辭中實際用義爲：1 鼻子；2 親自；3 由，從。其字形歷時演變軌跡如下：

殷商：合 6664 正　合 21738　合 21891

合 21901　宰甫卣

西周：H11：117　H11：131　H11：18

春秋：黃君孟壺　徐王義楚盤

戰國：上博緇衣 20  包山卜筮祭禱 197

 包山卜筮祭禱 199

小篆：古文自

《說文》:「自，鼻也。象鼻形。」甲骨文中象鼻形，下端留白象鼻孔，這一特徵在殷商時代被基本保留，即便下端封口如形，其底端也會向內凹陷以示鼻孔所在。上端三豎筆象鼻樑形。自西周以降底部留白或內凹之形，被一弧筆取代，象形性減退但整體形態猶存，而構形方式也未曾改變。

以器物爲摹寫對象的有：

弓，卜辭中實際用義爲：1 弓；2 人名；3 地名。其字形歷時演變軌跡如下：

殷商：合 20117　合 151 正　合 9827

合 3046　弓父癸鼎

西周：豆閉簋　同卣　不其簋

春秋：石鼓文田車

戰國：隨縣 33　包山 260　璽彙 3139

小篆：

《說文》:「弓，以近窮遠。象形」《譜系》:「弓，甲骨文象弓著弦之形。或作，省其弦，金文承襲甲骨文字。戰國文字均作形，或加飾筆作、。」從殷商時期字形來看其弓形主體上端或有一短橫，自西周以後這一特徵被保留下來。此特徵並非一般的飾筆，而是反曲複合弓的標誌，而弓字主體中間處的凹陷亦是反曲複合弓的特徵，而弓弦作爲另一事物則在西周以後就從字形上基本消失，然而即便如此，弓之本義仍由其字形各部分不分主次的共同擔負起表達的任務，本義的沿用也保持了字形的穩定，使得其構形方式也保持了穩定。

爵，卜辭中實際用義爲：1 酒器；2 獻爵酒以祭；3 人名；4 婦名。其字形歷時演變軌跡如下：

殷商：合 6589 正 　合 14768 　合 37458

合 22067 　合 21926 　花東 349

西周：餢爵簋 　史獸鼎

春秋：未見

戰國：雲夢雜抄 38 　雲夢答問 113

小篆：古文爵

《說文》：「爵，禮器也。象爵之形，中有鬯酒，又持之也。所以飲。」《譜系》：「爵，初文象爵形，柱、流、腹、足，一一可辨。……爵腹中的點或方塊象徵所盛之酒。……腹足部分訛變爲鬯，戰國文字因之，是爲小篆爵字所本。晚周文字或省鬯爲皀，變又爲寸，遂成隸楷之爵字。」《說文》謂「……中有鬯酒」偏於臆想，《譜系》「爵腹中的點或方塊象徵所盛之酒」可能是受《說文》的影響。甲骨文爵字形體中或加小方塊或加點或留白並無規律，所指不明。戰國爵之字形與西周承繼關係較爲明顯，而《說文》所謂「……中有酒」之由來在字形的歷時演變中清晰可見：

→ 　→ 　→

由是可辨此鬯形譌變之由來。今爵之字形與雲夢簡形近，本義由字形整體表達，構形方式未有變化，結構類型仍爲整體摹寫。

上述皆爲本義見於卜辭之例證，在整體摹寫類型中還有相當數量的象形字之本義不見於卜辭，而後代漢字的闡釋者和使用者或因限於客觀條件（無法接觸到大量地下地上材料），或是由於主觀上所具有的文化背景、生活經驗、觀察角度的不同，只依據一段歷史時期的字形對該結構類型的象形字的構形情況作出了不符合字形歷時演變的判斷，而當我們綜合利用各種材料，堅持以歷時的字形字用相結合的觀點來觀察時，這一類型的象形字仍舊保持了該結構類型的基本特徵。如：

桑，卜辭中實際用義爲：1 地名；2 人名；3 方國名。其字形歷時演變軌跡如下：

殷商：合 6959 　合 10058 　合 35584

合 37494 　合 37562

（西周春秋戰國未見桑，可從「喪」中窺見「桑」字形演變）

西周：旂鼎 　量侯簋

春秋：陳大喪史仲高鐘

戰國：上博民之父母 6〔均喪字，非桑〕

小篆：

《說文》:「桑，蠶所食葉木。從叒、木。」《說文》据小篆字形誤將桑葉看做叒，將象形結構類型誤判爲會意結構類型。石定果先生也將桑判爲會意結構〔註 4〕。而張文虎於《舒藝室隨筆》判桑爲象形結構類型：「叒本象葉重沓之貌。桑以葉重，故從叒，象形。」甚確。甲骨文中桑象桑樹之形，枝幹上部有數量不等的桑葉，至西周桑葉與枝幹分離，下部再譌形爲亡，戰國文字中桑喪已經較難分清，字形混同現象較爲嚴重〔註 5〕，承襲金文成爲小篆所本。然而即使小篆形體與殷商字形有所差別，但是其字形字義結合緊密。構形方式在歷時的演變中並沒有實質變化。

毌，卜辭中實際用義爲：1 人名；2 侯伯名；3 方國名。其字形歷時演變軌跡如下：

殷商：合 20220 　合 10514 　合 33986

合 16347 　秉毌戊觶

〔註 4〕石定果，說文會意字研究〔M〕，北京：北京語言學院出版社，1996：93。

〔註 5〕徐在國，楚國璽印中的兩個地名〔C〕，中國古文字研究會、中山大學古文字學研究所，古文字研究（第二十四輯），北京：中華書局，2002：317—318。

西周：毌㑳父乙方罍

春秋：未見

戰國：未見

小篆：

《說文》：「毌，穿物持之也。从一横貫，象寶貨之形。」或譌作，戰國文字則省作、等形。」郭沫若釋毌爲盾[註6]。殷器 父乙幌虎觚中可見毌之本義當爲盾牌。小篆所本與甲骨文合 16347 相近。而毌之本義同樣由毌之字形整体加以表達。其假借義多爲人名如：……毌告旁肇（合 20449）、侯名如：……侯毌……來（合 3354）、方國名如：……征毌……（合 6665）。

總的來看，整體摹寫類的象形字，其摹寫對象爲殷商時期乃至後世所習見，堅持以字形各部分不分主次平等參與表義，字形字義結合緊密而均匀，歷代繼承關係清晰，字形演變軌跡較爲清楚，構形方式一般不發生大的調整，結構類型亦隨之保持穩定。我們承認整體摹寫象形字的形體穩定性高，並不意味著整體摹寫象形字的字形就不會發生歷時的改變。與此相反，深入觀察後我們還發現，在整體摹寫類型中有一些象形字，同樣以習見的對象爲描摹本體的象形字，或是由於摹寫對象可象形性較低或是因爲二維平面結構表達的多義性，字形和字義在殷商時期雖然結合緊密，但形義疏離隨著時間的推移日漸拉大，以形表意日趨困難，當釋讀者難以通過既往的各種經驗去彌合字形字義之間的疏離之時，其字形構形方式與結構類型也很可能會隨著使用的客觀需要作出相應調整，甚至導致構形方式的調整，由此可見形義關係的疏離與闡釋者的介入是導致古文字形體發生變化的根本原因，即便是形義關係最爲緊密的類型亦不可避免的受到此因素的制約。具體來看，如：

疋（足），卜辭中實際用義爲：1 腳；2 人名。

殷商：合 21019　　合 69751　　4020

[註6] 李孝定，甲骨文字集釋〔M〕，臺北：中央研究院歷史語言研究所，1970：2287。

父癸疋冊鼎　　疋作父丙鼎

西周：免簋　　元年師兌簋　　蔡簋

春秋：無

戰國：包山 36　　包山 39　　三晉 78

璽彙 1871

小篆：

《說文》:「疋，足也。上象腓腸，下从止。」又云:「足，人之足也。在下。从止口。」《段注》:「疋，足也。上象腓腸，肉部曰：腨，腓腸也。」(腨：又称「腓」，即小腿肚。《素問・髒氣法時論》:「……汗出尻陰股膝髀腨胻足皆痛。」《靈樞・寒熱篇》:「腓者，腨也。」)《段注》又云:「足，人之足也。在體下。從口止。」徐鍇:「口象股脛之形。」

從殷商字形來看，疋不僅有小腿肚，甚至有象整條腿的例證（　）。入西周以後像小腿和大腿的部分變爲環狀（　）與殷商是　形較爲接近，春秋戰國後，基本沿襲金文字形，其象形程度已經降低，後世闡釋者主觀介入痕跡明顯，《說文》、《段注》將「疋」分化出去的「足」判爲會意，而徐鍇則將「足」判爲象形。由字形歷時演變的情況來看，徐鍇的判斷是符合事實的。「疋、足」一字分化，象人腿之形，入西周後字形開始簡化，加大了形義疏離的程度，但由於「疋」之本義一直沿用，且字形和本義聯繫較爲緊密，雖後世闡釋者的主觀認識加大了形義之間的疏離，止與口形有分離之趨勢，但事實上構形方式並未發生根本變化，仍屬象形結構類型。

气，卜辭中實際用義爲：1 讀「乞」；2 讀「訖」。其字形歷時演變軌跡如下：

殷商：合 583 反　　合 33060　　合 25942

西周：無

春秋：三兒簋

戰國：四年右庫戈　行气玉銘　包山 220

郭店語叢 1.48

小篆：　氣或从食

氣或从既

《說文》:「气，雲气也。象形。」又云:「氣，饋客芻米也。从米气聲。」《春秋傳》曰:「齊人來氣諸矦。餼，氣或从食。槩，氣或从既。」《段注》:「气、氣古今字，自以氣爲雲气字，乃又作餼爲廩氣字矣。气本雲气，引伸爲凡气之偁。」

從殷商文字來看，气與三字形相近，其標誌性的區別在於氣的中間一橫稍短，但這種區別較難堅持，在春秋時更明顯的標識爲將上下兩橫相對的兩端分別向上下方引出一弧筆，藉以區別「三」。至戰國時期，闡釋者已經無法彌合气與其用義之間的關係，主觀介入的程度進一步加深，气之構形方式也隨之發生了調整，出現了行氣玉銘和型包山 220 這兩個形體不一致但同屬形聲結構類的字形。值得注意的是，很容易誤判爲會意結構，但是我們需要指出，戰國時期與殷商時代一脈相承的气之字形仍在使用（如四年右庫戈雲夢答問 115），而气下所從之火當爲形聲結構類型中加注形符的一類，闡釋者之所以爲气加注的火作爲形符很大程度上出於自己主觀經驗背景，而這種主觀背景經驗一旦不能被後來的闡釋者所認知，字形結構很可能進一步發生變化，而《說文》、《段注》認爲氣從米便是很好的例證。至於改換聲符气爲既的所反應出的闡釋者介入的主觀性也較爲明顯，由於這種改換的主觀性過大，這個形體沒有被後世所接受。

在觀察整體摹寫這一類型的過程中，我們一方面看到很多字如山、水之形體，其字形本身就能較好的完成本義以及引申義的表達，同時其構成其字形的筆畫較爲簡略，形義疏離程度小，闡釋者主觀介入少，發生譌變的概率也隨之變小，故在實際使用過程中使得其構形方式未發生調整，因而也保持了其結構類型的穩定；另一方如何琳儀先生所言「漢字的部件多來源於對客觀事物的摹寫，所謂『畫成其物，隨體詰屈』。然而文字部件越是酷似客觀事物，就越不便書寫。趨簡求易，是人們書寫文字的共同心理。因此，文字從產生之時就沿著簡化的總趨勢不斷地發展演變。」〔註7〕就整体摹寫一些較爲常見的同時又具有很高的可摹寫性的對象，如果構成字形的筆畫較爲複雜，那麼字形的歷時差異就可能會較爲明顯，有時這種譌變的積纍甚至導致字形難以清晰表達字義，字形和字義疏離的程度加大，線條化趨勢、簡省化趨勢、平衡美觀化趨勢以及書手個人風格影響明顯，但是即便在這幾條原則對字形的演變也起到了很大的作用的情況下，如果形義關係的疏離程度不大，闡釋者主觀經驗背景介入不多，那麼線條化趨勢、簡省化趨勢、平衡美觀化趨勢以及書手個人風格等因素對字形一般不會發生本質性的影響，即便在表面上造成了字形看似巨大的歷時變化，但在實際上仍難以造成其構形方式的調整，其結構類型亦保持穩定。

線條化趨勢對龜的形體曾產生過較爲明顯的影響。龜，卜辭中實際用義爲：1 烏龜；2 職官名。其字形演變軌跡如下：

殷商：合 18363 　合 21562 　合 18366

屯 859 　叔龜鼎

西周：龜父丁爵 　叔龜父丙簋

春秋：無

戰國：郭店緇衣 46 號簡 　上博柬大王泊旱 1 號簡

新蔡甲三 15 號簡

小篆：古文龜

《說文》：「龜，舊也。外骨內肉者也。从它，龜頭與它頭同。天地之性，廣肩無雄；龜鼈之類，以它爲雄。象足甲尾之形。」《說文》中認爲它和龜的頭

〔註7〕何琳儀，戰國文字通論〔M〕，南京：江蘇教育出版社，2003：202。

部相同，顯然是受到已經線條化的小篆字形的影響。從龜歷時演變的各種形體來看，線條化的影響明顯，從殷商到西周龜依然是以勾勒龜之外在形態作爲構形依據，但是時至戰國，如果不聯繫字義，龜之外在輪廓已經不甚清晰，構成龜之字形的所有筆畫均爲弧筆，可見龜的象形意味已經逐漸消失，但至小篆龜之字形又回到早期形態，與所列戰國字形迥異（可見小篆的本源秦系文字與楚系文字有著一定差距），但是無論龜的字形如何變化，龜的構形方式從來沒有發生改變。

簡省化趨勢在車的字形的演變構成中體現的較爲明顯。車在甲骨卜辭中實際用義爲：1 車；2 人名；3 地名。其字形演變軌跡如下：

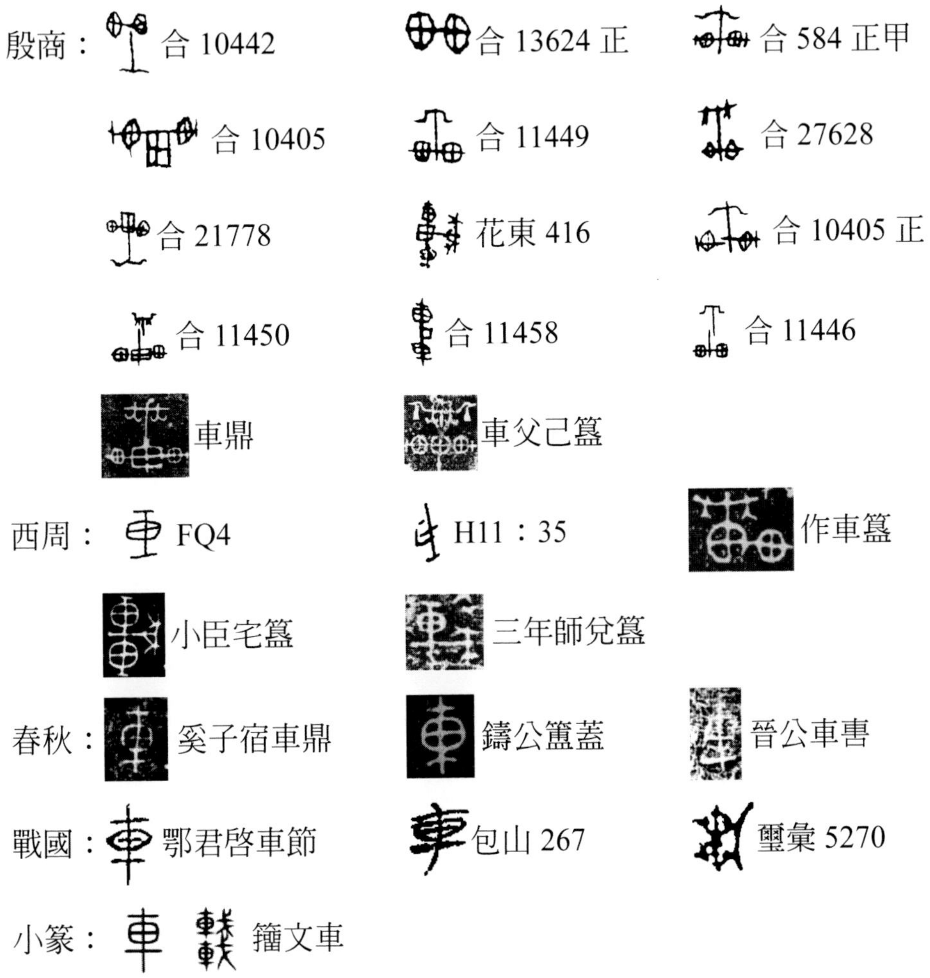

殷商：合 10442　合 13624 正　合 584 正甲
合 10405　合 11449　合 27628
合 21778　花東 416　合 10405 正
合 11450　合 11458　合 11446
車鼎　車父己簋

西周：FQ4　H11：35　作車簋
小臣宅簋　三年師兌簋

春秋：奚子宿車鼎　鑄公簠蓋　晉公車害

戰國：鄂君啓車節　包山 267　璽彙 5270

小篆：　籀文車

《說文》：「車，輿輪之總名。夏后時奚仲所造。象形。」《譜系》：「車，殷商文字象車箱、雙輪、輈、衡、雙軛之形。金文或省作一輪作車形。」殷商時期金文描摹的車形最爲細緻，車的主要部件盡在摹寫之中。在同時期的甲骨文中既有描摹較爲細緻的  合 11450  花東 416 形，也有較爲簡省的  合 13624 正  合 10442 形，這種情況一直保留至西周。春秋以降僅用輪代替原有字形的趨勢漸盛，間或出現稍微繁複的字形如  璽彙 5270，但如早期金文那樣細緻描摹的例字則暫未發現。雖然以車之一部分車輪的字形與早期描摹整車的字形差別很大，而字形變化的動因正說何琳儀老師指出的那樣：「趨簡求易，是人們書寫文字的共同心理。因此，文字從產生之時就沿著簡化的總趨勢不斷地發展演變。」〔註 8〕但是需要指出的是儘管形體前後差別很大，但車輪本身的形態與殷商時期也未有大的變化，因此形義關係依然緊密，形義疏離彌合難度小，闡釋者主觀經驗背景介入少，車的構形方式卻也未曾改變（只不過由描摹對象發生了調整）。

平衡美觀化趨勢在首的演變過程中體現的較爲明顯，首，卜辭中實際用義爲：1 道路；2 地名，其字形演變軌跡如下：

殷商：  合 6032 正 　合 6037 正 　合 13615

合 13619 　合 15105 　合 29255

合 29279 　英 2526 　合 22130

花東 304 　花東 304 　花東 446

西周：  令鼎 　南宮柳鼎 　鄂侯鼎

春秋：  叔夷鐘 282

戰國：  陶彙 5.389

小篆：

《說文》:「首，𦣻同。古文𦣻也。巛象髮，謂之鬊，鬊卽巛也。」《說文》：「𦣻，頭也。象形。」《譜系》:「首，甲骨文，象側面人頭之形。或省

〔註 8〕 何琳儀，戰國文字通論〔M〕，南京：江蘇教育出版社，2003：202。

變作形。亦隸定百。金文作、等形。戰國文字有髮、無髮皆有之。或髮譌作止形。」從殷商時期字形看，首的構形並無對稱可言重心也不穩定，整體形態的美觀性更無從談起。自西周以後字形形態重心漸趨穩定，對稱性逐漸加強，形體的美觀性日漸提高，但以春秋時（叔夷鍾282）形爲例，儘管該形體與早期殷商文字形體有著較大差別，但是將西周文字一併加以考察之後我們可以看出，的各部分來源清晰，對應關係明顯，形義關係緊密，因此字形實際上未發生大的譌變，其構形方式未作調整。

由上述分析我們可以看出，由於整體摹寫象形字的固有特點，使得其形義關係緊密，闡釋者主觀經驗背景介入少，因而其它幾個趨勢對字形影響有限，形體一般不發生大的譌變，其構形方式發生調整的比例較小，結構類型歸屬也最爲穩定。

第二節　特徵摹寫

以摹寫事物的共同特徵爲基礎並以區別性特徵爲重點摹寫對象的象形字稱作特徵摹寫象形字，有這些象形字組成的集合叫做特徵摹寫結構類型。與整體摹寫子結構類型不同，特徵摹寫結構類型所摹寫的對象往往因其同屬一類事物而成組出現，而這一類事物之間既有聯繫又有區別，此時以形表意原則的貫徹業已發生了一定的困難，因此在客觀上要求單個字形在表達字義時必須在抽象總結其共同特點的基礎上著力凸顯那些具有區別組內其它象形字的特徵，從而起到既相互聯繫又相互區別的作用，使字形對字義的表達做到既經濟又有效，進而使以形表意的原則可以被繼續貫徹。需要指出的是這些區別性的特徵有的是對摹寫對象的客觀摹寫，如：戈 戚 我 之間的，而有的特徵在摹寫的客觀性上已經減弱，更多的表現出的是主觀上的約定性，如：目 與臣 的區別，而這一點也在一定程度上反映出以形表意原則的困境。

通過更進一步的考察我們還發現，在這一子結構類型中，字形中各個部分在參與字義表達之時變得不再平等，字義在字形上的分佈重心偏向於那些可將同屬事物區分開的特徵，而被抽象的事物之間共同特徵的重要性弱於各字形中起到區別性作用的特徵，其作用僅僅在於提示相關字形闡釋的經驗背景。同時字形的闡釋者在闡釋的過程中也自然更加關注這些區別性的特徵，但這些具有區別性的特徵在歷時的使用過程中，又會因闡釋者主觀上感知、釋讀、再闡釋上的差異性，使得某些特徵在選擇性的繼承延續過程中被一再強化進而字形中取得了更加強勢的地位，導致一些譌變的發生，從而使得字形發生一定的變化，有時會導致構形方式的調整，改變結構類型的歸屬，正是由於闡釋者主觀介入的空間增大最終導致特徵摹寫類在歷時演變的過程中其字形以及構形方式的穩定性低於前一個類型。

虎，卜辭中實際用義爲：1 老虎；2 人名。其字形歷時演變軌跡如下：

殷商：合 20706　合 20708　合 6553

父乙帨虎觚　啯虎觚

西周：滕虎簋　師虎簋　五年召伯虎簋

春秋：虎臣子組鬲　旅虎簠

戰國：上博周易 25　上博採風曲目 4　包山喪葬 273

小篆：古文虎　亦古文虎

《說文》:「虎，山獸之君。从虍，虎足象人足。」從甲骨字形來看，虎之一類四足動物有著很強的相似性，在二維平面結構準確區分這些相似的事物是有一定困難的。在長期的觀察下，這些相似動物的一些外在的區別特徵被先民們掌握，以此將這些區別性的特徵以二維平面結構表現出來便成了造字者的自然選擇。虎在殷商時期有些時候其身上的斑紋也被突出，但始終被突出的是虎頭和最富攻擊力的虎牙，虎頭虎牙成爲字形中最爲核心的部分，而如虎足虎尾等部分則處於次要地位，西周時期虎頭虎牙這一核心特徵被進一步加強，其它特徵則相對弱化，春秋時期，虎頭虎牙不僅是最核心的特徵而且佔據字形的大部分，戰國時期虎牙仍進一步被加強如，而其它部分則完全線條化，已經難以確知其所象部位。至小篆時期人們對虎的小篆形體已經難以給出正確的闡釋，《說文》:「虎，山獸之君。从虍，虎足象人足。」所謂「象人足」顯然應該是根據戰國文字形體得來，而其古文形體來源更早，古文  和父乙幌虎觚中的虎  翻轉九十度所成的虎  有一定的相似性。古文  所從  似  中的虎耳  有可能就是進一步加強並線條化以後的形態，但很可能因爲突出虎耳的這種區別性不高的特徵其表義效果欠佳，闡釋者個體主觀經驗介入過多，導致該字形變化較大且難以被其它社會成員所接受，故後世更多的是繼承了突出虎頭虎牙爲特徵的字形。但後世的虎在繼承了虎頭虎牙的特徵後，下部卻演化成人形或儿形，這种譌變的原因在我們看來有以下兩個，一因爲二維平面結構字形的多義性，闡釋者介入導致字形譌變。由於甲骨文成熟度較高（在第五章有專門論述），虎在甲骨文中多豎寫，作  合 20708  合 6553 等形，也有簡化爲  合 20706 者，至西周虎多作  （滕虎簋）形其下部已譌變爲似人形的  形。春秋時這種變化進一步發展作  形。戰國時虎作  形，其下部已經斷裂爲人形；二是可能受到虎字的類化影響，甲骨虎作  合 10977  合 4593  合 8409 等形，其下部作人形，應該說虎字的譌變有可能受到了虎的類化影響。

象，卜辭中實際用義爲：1 大象；2 人名；3 方國名。其字形演變軌跡如下：

殷商：  合 1052 正 　 合 8984 　 屯 577

合 13625 　 合 10222 　 合 30282

象祖辛鼎 　 象觚

西周：  象祖辛尊 　 師湯父鼎 　 匡卣

春秋：未見

戰國：  雲夢爲吏 17 　 鄂君啓車節 　 郭店老丙 4

璽彙 1455

小篆：

參照殷商金文總體來看，象在殷商時期其字形突出的主要部分是象鼻、象耳、象牙和象尾，但這四個特徵在殷商時期已不處於同等重要的地位，唯象鼻象耳居於最爲核心的地位，所有形體都對象鼻象耳加以突出，自西周以後象牙這一特徵的地位進一步降低，而象耳這一特徵也漸退化，但象鼻仍然處於最核心的部分，至戰國時期，包括象尾在內的特徵都已經線條化，形義之間的疏離已經很大，但通過突出象鼻這一根本性的特徵，並以此區別於其它字形，但即使是這一根本性的區別特徵，也未必能被後世闡釋者準確認識，《說文》:「象，長鼻牙，南越大獸，三秊一乳，象耳牙四足之形。」從這裏我們可以看到在《說文》中認爲象的形體只是象「耳牙四足之形」，耳並無象象鼻之說，《說文》將「象鼻」的象形形體易之爲早已線條化渙漫不清的「象牙」，其字形依據可能是的上部形體中的，而事實上這正是象鼻，象祖辛鼎中象鼻就是戰國時期象雲夢爲吏 17 之本源。可見即便最核心的形體特徵，在闡釋者主觀介入之後也未必能正確解讀，而這正是由於闡釋者的經驗背景差異所導致的，而象牙上翹與象鼻根部連成一體使得象牙之形難以辨識，闡釋者無法理解遂使字形進一步線條化，從而導致象與兔形體相近，就像尾特徵來看，兔之尾部當與象區別較大，故《新甲骨文編》中將如合 37372 這一類字形列於象字頭下是否適當尚需更多考察。至於象的非本質特徵象尾的保留很可能歸於另一個左右漢字形體演變的原則——美觀原則有關（儘管與虎尾相比有一定的區別性，而與馬相比較而言則趨同）〔註 9〕，但需要注意的是這一原則與線條化，經濟性原則一樣皆是以古文字形義關係疏離，闡釋者主觀介入這一根本原因爲前提的。

馬，卜辭中實際用義爲：1 牛馬之馬；2 職官名；3 方國名；4 人名。其字形歷時演變軌跡如下：

〔註 9〕黃德寬，古漢字形聲結構論考〔D〕，長春：吉林大學博士學位論文，1996。

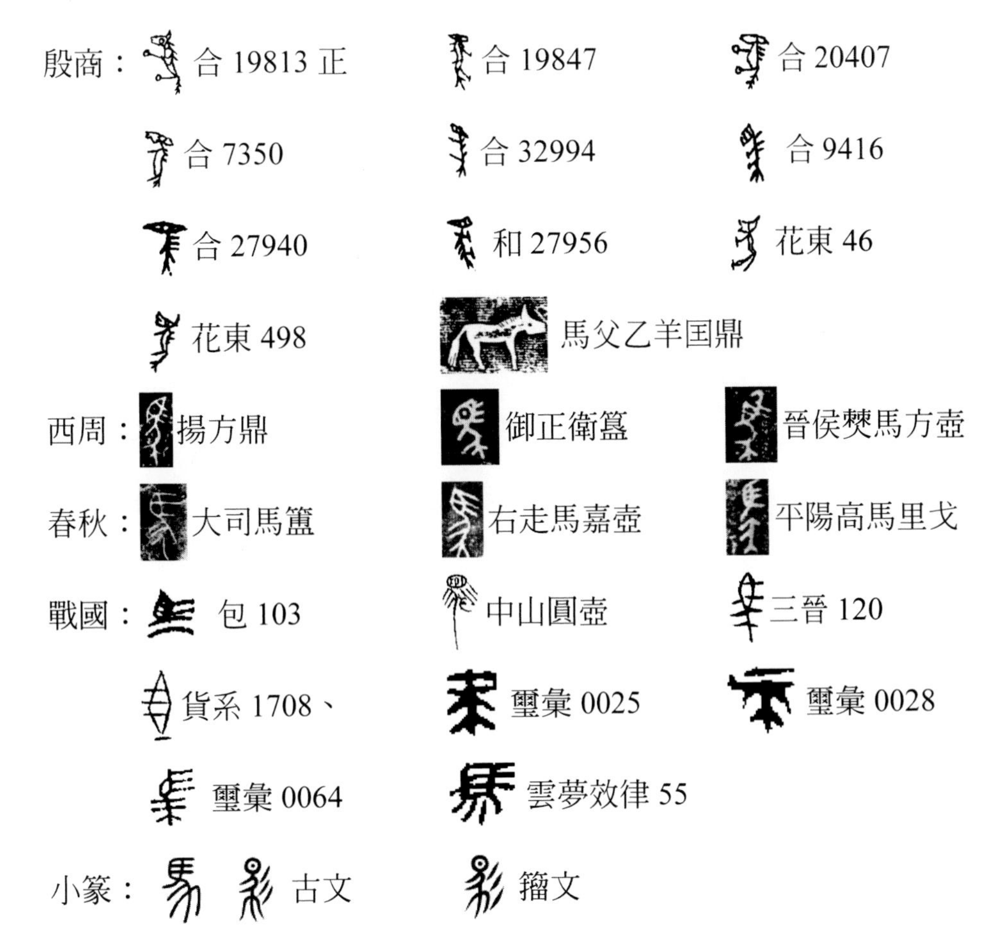

《說文》:「馬，怒也，武也。象馬頭髦尾四足之形」在殷商時期被突出共有的有馬鬃、馬尾、馬眼、馬蹄，而馬鬃這一特徵處於核心地位，各代闡釋者對於馬鬃的認識也最爲清楚，該特徵始終處於核心地位，佔據形體主要部分，這種特徵甚至會被放大到如璽彙 0293 這種狀況，足見闡釋者的介入對字形的影響。在殷商時期，馬眼也處於比較核心的地位，但從殷入周後，該特徵的重要性漸漸下降，在西周時期馬鬃與馬眼已經開始共用筆畫，至春秋戰國時期馬眼這一特徵和馬頭的區別已經不明顯，《說文》謂馬象「馬頭髦尾四足之形」。這裏已經不見了馬眼的位置，而後世闡釋者繼承了這種共用筆畫的現象，但是《說文》古文中我們仍能看到馬眼的輪廓，可見字形的變化時刻受到闡釋者主觀介入的影響，而這正是導致古文字字形變化的最根本的原因。

犬，卜辭中實際用義爲：1 狗；2 職官名；3 方國名；4 人名。其字形歷時演變軌跡如下：

殷商：𤞷合 28882　　𤞷花東 451

子作父戊觶

西周：史犬觶　　車犬父戊爵　　員方鼎

春秋：未見

戰國：十鍾　　雲夢秦律 7　　隨縣 170

包山 219　　貨系 109　　侯馬

小篆：

《說文》引孔子曰：「視犬之字如畫狗也。」但我們就小篆乃至戰國文字來看無論如何也得不出這樣的結論，可見身處春秋時期的孔子應當是就春秋時期甚至更早的字形來說的。與上述虎、馬、象的靜態特徵不同，犬在殷商時期所突出的特徵有著一定的動態特徵（這一特點在特徵摹寫結構類型中以人體為基礎的一組象形字中體現的更為明顯），其動態特徵是張開的犬口和上翹犬尾，其靜態特徵為豎立的犬耳犬爪。自西周以後犬爪的特徵不再被關注漸漸消失，但張口翹尾之形卻被保留，而犬耳常與犬口共用筆畫，至戰國時期犬耳已經難以辨識，其在字形各部分中的地位進一步下降。與靜態特徵不同，一般來說所謂的動態特徵更需要闡釋者的主觀介入，因此這種失去了靜態摹寫對象的特徵更加依賴於闡釋者的經驗背景，隨著闡釋者的變化形義關係的彌合更趨主觀性，進而導致形義關係的進一步疏離，從而加劇了字形的變化，如果這個象形字的形體特徵稍多一些，形體稍複雜一些，其後世的形體很可能與前代字形相差甚大。

事實上在特徵摹寫結構類型中，類似四足動物在比較中獲得的區別性特徵被摹寫放大、強化的情況，在其它同類成組事物中也廣泛存在，如成組出現的長柄兵器戈、我、戚、歲、戉就存在類似情況。對此類兵器特徵的摹寫雖然有著整體摹寫的痕跡，但是比較來看這些象形字的形體特徵是摹寫的重點所在，而非特徵的其它部分則處於次要地位，這種字義重心在字形上的偏移反映在字形上時，就會導致字形中共同部分的重要性下降，而特徵部分在

歷時演變過程中被放大加強，一旦這種放大加強所造成的形義疏離不能被闡釋者順利認知之時，會影響到對相關字形構形方式的誤判。

以整體摹寫象形字必（柲）為基礎一系列長柄。兵器戈、我、義、戚、歲、戉在比較中獲得最本質的區別性特徵。

必（柲），卜辭中用其本義較多，象兵器之長柄。屬整體摹寫結構類型，字形如下：

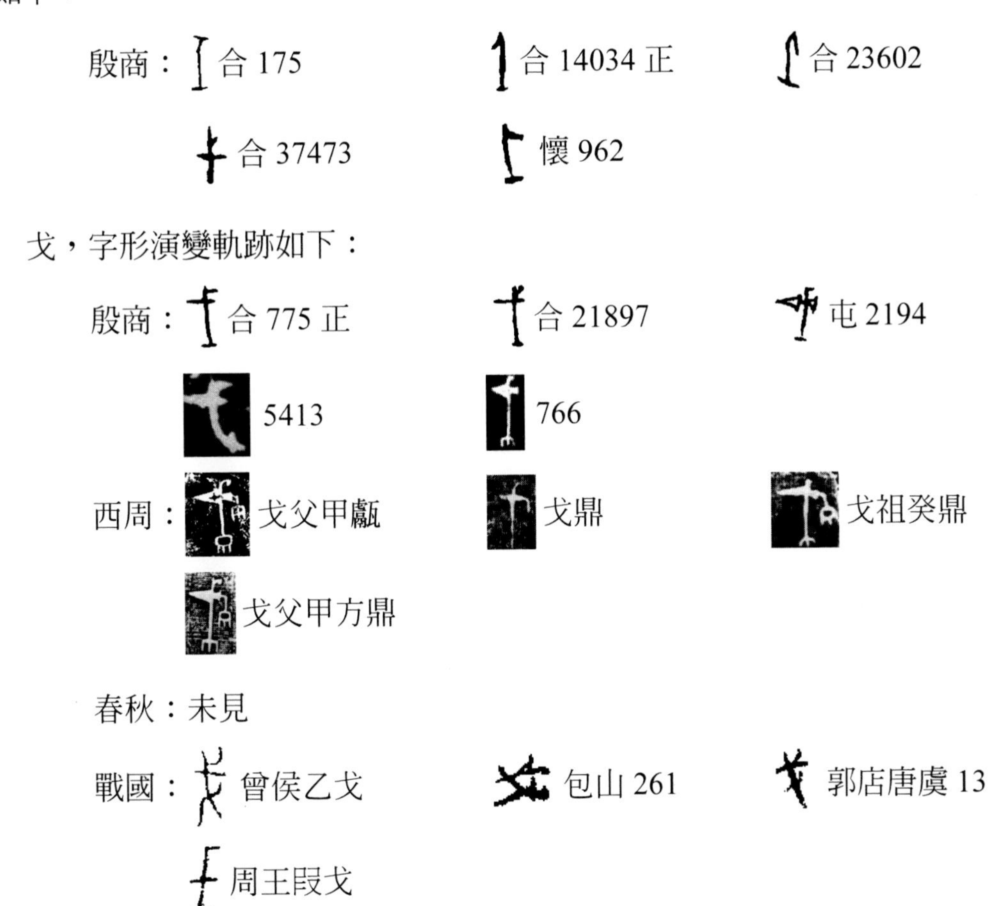

《說文》：「戈，平頭戟也。从弋，一橫之。象形。」《譜系》：「商代金文戈作，象戈援、內、柲、鐓之形。商代甲骨文作，援、內相連成一橫。西周金文戈作，柲飾下移，鐓上移至柲中。」戈在其構形過程中主要突出柲端的援部，其它部分漸漸退化至戰國時期已經完全線條化，但戈之形義關係結合較為緊密，形體一般不會發生構形方式變化。

我（商代青銅我的刃部），卜辭中實際用義為：1 第一人稱代詞；2 人名；3 地名。字形演變軌跡如下：

殷商：合 21249　合 900 正　合 6057 正

合 9938 正　合 524　合 36754

花東 470

西周：通彔鍾　叔我鼎　明我作鼎

善鼎

春秋：晉姜鼎　復公仲簋蓋　徐王義楚觶

晉公盆　二年戈

戰國：書也缶　郭店語叢 4.6　郭店老甲 31

貨系 0448　廿年距末

小篆：

《說文》:「我，施身自謂也。或說我，頃頓也。从戈从𠂎。𠂎，或說古垂字。一曰古殺字。」徐鍇曰:「从戈者，取戈自持也。」《譜系》:「甲骨文、商代金文我，象齒刃鉞之形，假借爲第一人稱代詞。西周金文或作，與《說文》古文同，春秋金文或作，筆畫多有穿透。」「我」之特徵爲其柲端鋸齒狀刃部爲其特徵所在，由於假借的大量使用，我之特徵的放大加強失去了形體約束，導致形義關係疏離程度加劇，《說文》已經不能正確判斷其形體原初的構形實際來源。《譜系》說解正確。

戚，卜辭中實際用義爲：1 古代戉形兩邊加扉棱的兵器；2 戚舞或軍樂。字形演變軌跡如下：

殷商：屯 2194　屯 1501　合 31036

屯 284　屯 783

西周：戚作彝觶

春秋：未見

戰國：詛楚文 　　郭店語叢 1.34

小篆：

《說文》:「戚，戉也。从戉尗聲。」《譜系》:「戚，甲骨文象斧鉞有齒形扉棱之形。戰國秦楚文字以戈代替斧鉞，兩側扉棱相連爲、、等形。六國文字或從戈，尗聲。參見「戚」字。小篆從戉，尗聲。茲據甲骨文及楚簡文字、立戚聲首（舊歸尗聲首）。」殷商時期戚突出秘端刃部的扉棱，至西周金文有注聲現象發生，至戰國其形體省去刃部，僅保留其最根本的特徵飛楞。

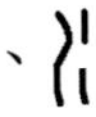

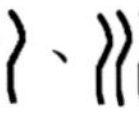

歲（商代青銅歲的刃部），卜辭中實際用義爲：1 年歲，一個收穫季節單位；2 讀「劌」。字形演變軌跡如下：

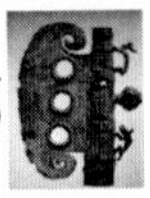

殷商：合 22206 甲 　　合 1575 　　合 9647

合 25155 　　花東 490

西周：曶鼎 　　利簋

春秋：徐子鼎 　　公子土斧壺 　　敬事天王鐘

戰國：陳喜壺 　　陳純釜 　　包山文書・7

郭店太一生水.4

小篆：

《說文》:「歲，木星也。越歷二十八宿，宣徧陰陽，十二月一次。从步戌聲。」殷商時期突出秘端刃部鏤空狀，西周時期假借義使用頻率增大，形義關係疏離加大，該特徵被進一步放大，春秋時期字形進一步譌變，至戰國時本爲鏤空的刃部脫離爲月形與其假借義暗合，此種形體變化典型的反應了形義關係疏離後闡釋者彌合形義關係過程中對字形加以改造的情況。

戉，本義爲長柄斧，卜辭中實際用義爲：人名地名。字形演變軌跡如下：

殷商：戉葡觶　祖辛戉觚

西周：母父丁觶　師克盨

春秋：越王矛

戰國：上博七吳命.5　者沪鐘

小篆：

《說文》:「戉，斧也。从戈乚聲。《司馬法》曰:「夏執玄戉，殷執白戚，周左杖黃戉，右秉白髦。」殷商時期突出其秘端之斧形，後世該特徵被放大拉長逐漸成線條狀，進而導致《說文》闡釋錯誤，並將戉誤判爲形聲結構。

在特徵摹寫結構類型中還有一類象形字，其摹寫的對象不再是靜態的特徵，而主要突出一些客觀性相對較小，個體主觀經驗背景介入較深的特徵，其人爲規定性明顯強於靜態特徵。這些動態特徵往往只是存在於一時一地，經過造字者置該類字與其它同類象形字參照比較後，人爲固定其原本暫時的特徵而成爲字形表義的主要特徵，雖然該類象形字中造字者主觀滲入成份較多，但由於這些象形字較爲形象直觀，其基礎字形又爲常用字形，形義關係結合反而緊密，後世闡釋者彌合形義差距的難度較小，故字形變化較小。下列一組與大相關的字作爲例證：

大，在卜辭中大的實際用義爲：1 大小之大；2 大規模；3 非常，很；4 人名，貞人名；5 方族名；6 地名。字形演變軌跡如下：

殷商：合 20486　合 1615　大丐方鼎

兄仲鐘　太保方鼎

春秋：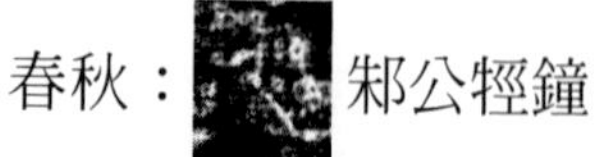郳公牼鐘　陳大喪史仲高鐘

呂大叔斧　召叔山父簠

戰國：陶彙 5.384　陶彙 5.321　青川木牘

小篆：

《說文》:「大，天大，地大，人亦大。故大象人形。」大象人四肢打開之形以示大之義，大之本義在各個歷史時期均有運用，而其特徵並非人形所固有，而是造字者選取出一時一地的某種特徵並人爲加以固化的，造字者的這種介入其主觀性是比較強的，但由於其形義關係緊密，闡釋者理解無困難，故其字形未有大的變化，基本維持象形的特徵，儘管如此《說文》還是爲我們保留了漢代闡釋者經驗背景的痕跡，只不過由於大的形義關係緊密，無需闡釋者過多介入，因而字形變化不大。

夨，卜辭中實際用義爲：1 昃；2 商先祖名。字形演變軌跡如下：

殷商：合 1051 正　合 11016　合 14709

合 21110　合 16846　合補 1120

西周：夨王方鼎蓋　同卣　夨伯甗

夨賸盨

春秋：未見

戰國：未見

小篆：

《說文》:「夨，傾頭也。从大，象形。」殷商時期夨確象「傾頭」之形。這種特徵的突出是以「大」爲基礎的在比較中獲得表義特徵，其字形頭部左傾右傾皆見，還出現了抽象指事符號以標明所傾之方向，西周以後基本爲右傾，可見闡釋者的介入在形體上產生了微妙的變化但由於形義關係緊密，闡釋者主觀介入較少，字形變化不大。

交，其字形演變軌跡如下：

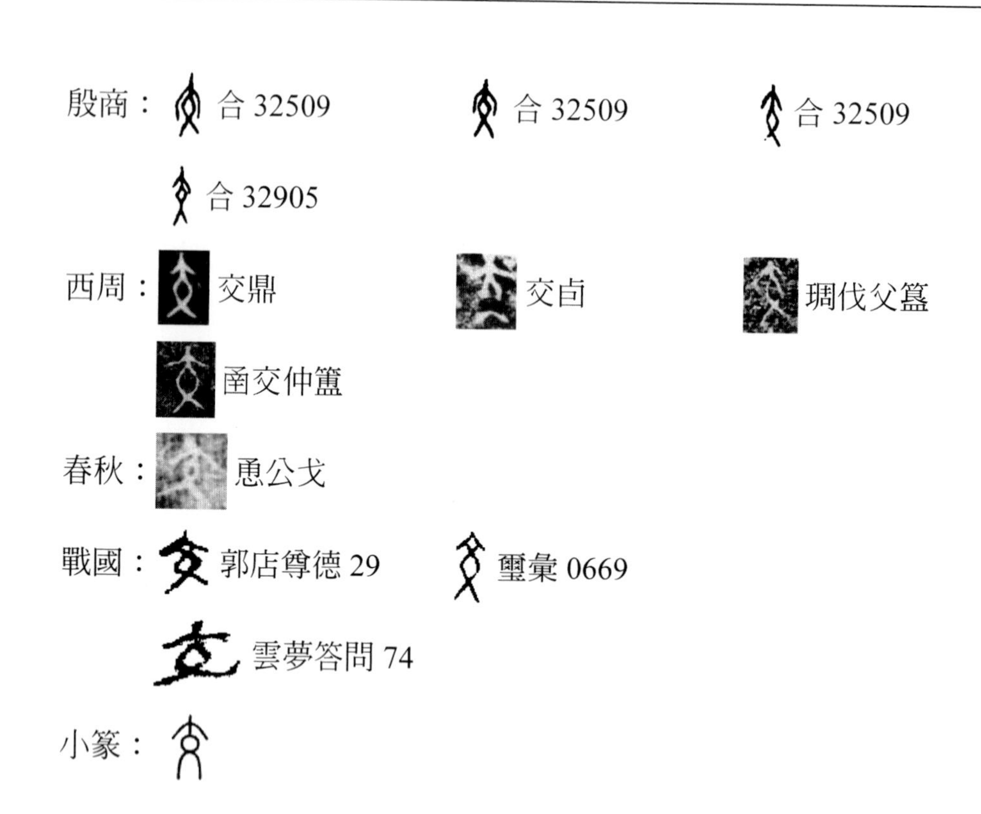

《說文》:「交，交脛也。从大，象交形。」交同樣以大爲參照字形，將兩腿相交這種臨時性的動態特徵，規定爲組內具有區別性的特徵，但其形義關係同樣緊密，字形又較爲簡單，故形義關係彌合難度低，字形變化不大。

這一類特徵摹寫象形字，其字形基礎是相對簡單的人形，雖然造字者主觀介入較多，但形義關係清晰緊密，後世闡釋者所需主觀介入不多，字形自然變化不大，但如果造字者的主觀規定的某種特徵未能被後世闡釋者所準確認識，即便是以簡單字形爲基礎的特徵摹寫象形字，也未必能保持其字形不發生大的變化。

屰，卜辭中實際用義爲逆，當爲逆之初文，其字形演變軌跡如下：

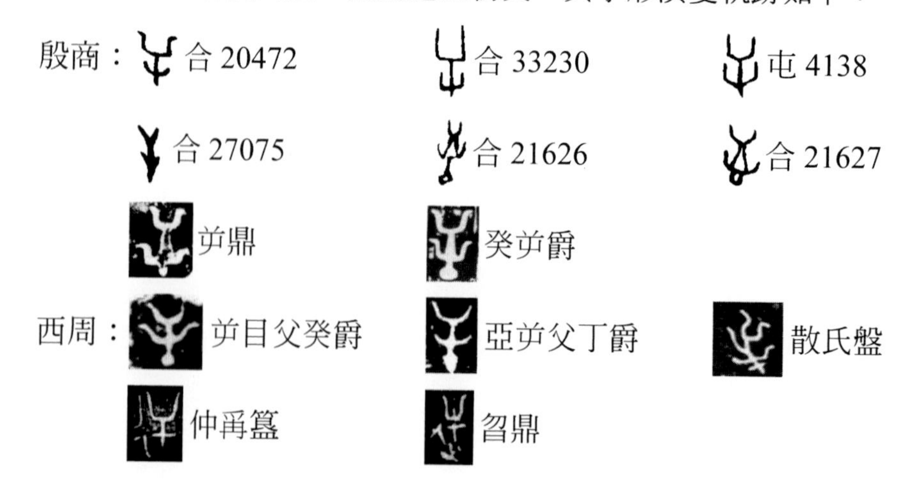

春秋：未見

戰國：郭店成之聞之 32  上博性情論 4

小篆：

《說文》:「屰，不順也。从干下屮。屰之也。」《段注》:「不順也。後人多用逆，逆行而屰廢矣。从干下凵。屰之也。凵，口犯切。凶下云：象地穿交陷其中也。方上干而下有陷之者，是爲不順。屰之也當作屰之意也。」《譜系》:「屰，象倒人之形。大字倒文。」從殷商時期字形看，屰象一個顛倒的大即顛倒的人形，以其顛倒之特徵表達逆之義。造字者選取大顛倒爲屰其主觀性較大（也可選其它事物顛倒；來表達逆之義，故有主觀性），且形義疏離程度高，形義彌合難度較前幾個字例難度較大（畢竟社會生活中「傾頭」、「交脛」之狀遠多於人顛倒之狀，且屰之字形與實際用義不如前兩個字例聯繫的緊密），因而至遲至西周中期以後，屰之構形方式發生了調整，加注辵旁的形聲結構的逆出現了（古文字中加辵旁表示動態當爲習見，字例甚多此處不再舉例），而伴隨著形聲結構的出現，屰的構形本義進一步模糊，給後世闡釋者彌合形義疏離帶來了更大難度，《說文》、《段注》之誤解便是例證。

相對於整體摹寫象形字，特徵摹寫象形字的形體重點在於對具有區別與其它同類事物特徵的摹寫，這種摹寫方式決定了闡釋者必須運用自己經驗背景彌合形義疏離，因此在形義關係在彌合過程中因闡釋者個體經驗背景的差異很容易導致那些具有區別性特徵的部分被放大、加強甚至歧解，因此該類象形字字形往往發生變化的程度較大，構形方式發生調整的比例也相應較大，而這些現象背後的根本動因仍然是形義關係的疏離與闡釋者的主觀經驗背景的介入，其它趨勢造成的影響仍相對有限。也正因爲主觀經驗背景的重要性，使得我們在闡釋古文字形體時，應該通過各種手段豐富完善我們的經驗背景，並將一組表達同類事物特徵摹寫象象形字放在一起對比考察，力圖彌合形義之間的疏離，才能避免對該類字各種誤判，下以熊的構形由來爲例加以說明。

在新蔡葛陵楚簡中有被整理者釋爲「熊」的字，其辭例如下：

□衛箽忻（祈）福於袮，一羊（騂）牡、一熊牡；司祴（侵）、司折（甲一：7）

□一熊牡、一羊（騂）〔牡〕□（零：71、137）

□虞礜羊（騂）熊□（甲三：237—2）

□□熊犠□□（零：2）

□〔祝〕韡（融）、穴熊、卲（昭）〔王〕□（零：560、522、554）

□〔老〕童、祝韡（融）、穴熊芳屯一□（甲三：35）

袁金平師兄整理出的有關熊的字形如下，並以此展開進一步論述：〔註10〕

A  甲一 7  甲三 35  甲三 237－2

B  零 2  零 71、137

張勝波先生在其所撰《新蔡葛陵楚墓竹簡文字編》中將之置於「嬴」字頭之下。〔註11〕季旭昇先生根據新蔡簡新見字形（主要是上舉 B 類字），指出楚系「熊」字當從「大能」會意，其意即「大的能（能是熊類動物）」。〔註12〕

根據唐蘭、于省吾、王蘊智等先生的梳理與研究〔註13〕，商周文字中的「嬴」的字形演變情況如下：

〔註10〕袁金平，新蔡葛陵楚簡字詞研究〔D〕，合肥：安徽大學博士學位論文，2007：23，下引袁金平師兄論述皆出於此，不另注。

〔註11〕張勝波，新蔡葛陵楚墓竹簡文字編〔D〕，長春：吉林大學博士學位論文，2006：55。

〔註12〕季旭昇，從新蔡葛陵簡說「熊」字及其相關問題〔C〕，臺灣輔仁大學中國文學系編，第十五屆中國文字學國際學術研討會論文集，臺北：輔仁大學出版社，2004：117～129 頁，下引季旭昇先生論述皆出此，不另注。

〔註13〕唐蘭，天壤閣甲骨文存考釋〔M〕，北京：輔仁大學叢書之一，1939：41～42。

于省吾，釋「能」和「嬴」以及從嬴的字〔C〕，中國古文字研究會，中華書局編輯部編，古文字研究（第八輯），北京：中華書局，1983：1～8。

王蘊智，嬴字探源〔C〕，王蘊智，漢語漢字研究論集，北京：中華書局，2004：98～104。

唐蘭先生相關研究情況見王蘊智先生文所引。下引諸氏文皆出此，不另注。

圖一

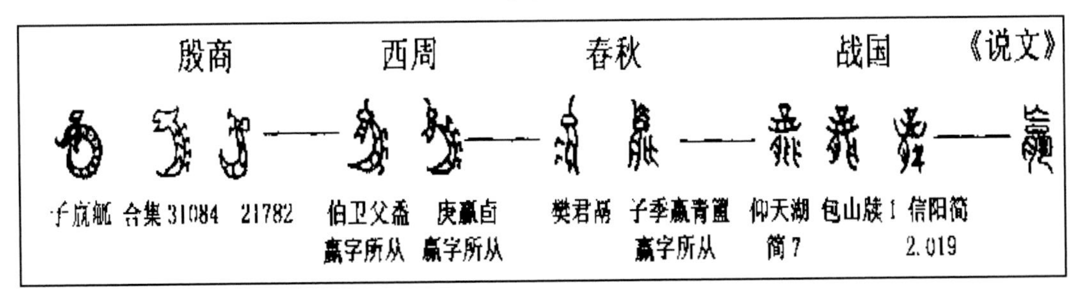

在王蘊智先生論述「嬴」在春秋戰國之際字形發生重大變化的基礎上，進一步指出：「正如王先生所說，在東周時期，嬴字象形本體開始裂變，形體上有向「能」字趨同、接近的趨勢。其實，王先生通過單行線來表示嬴的演變軌跡是不夠確切的，嬴字在此時應該是「雙軌並進」〔註 14〕：

圖二

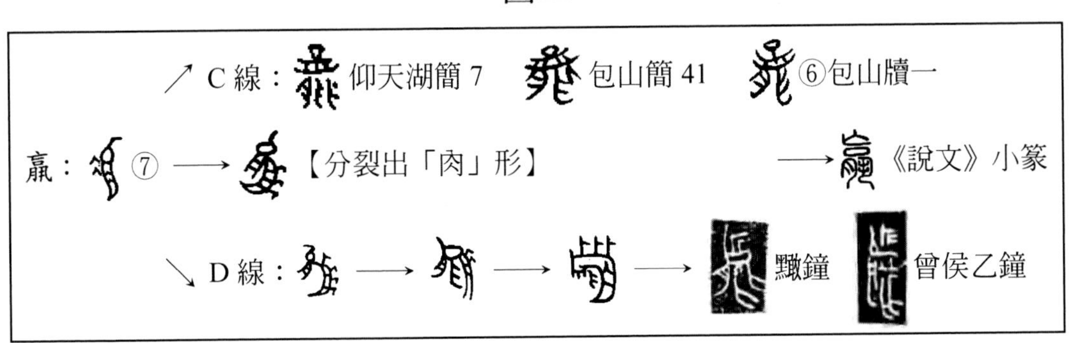

接著袁金平師兄指出：「、（從「嬴」早期象形體鬣毛部分演變而來）是其它確釋之「能」所不具備的，如 中山王壺 望山簡 M1.37 郭店・太一生水 8……所謂「大」乃是「嬴」用來表示鬣毛部分的筆劃由於用筆等因素逐漸向右傾斜所導致的結果，簡甲三 35「嬴」所從「」猶存古意。因此，「從大從能會意」之說也就無從談起。」

而談到從「能」到「熊」的形體演變，袁金平師兄在先賢時哲的基礎上認爲：目前古文字中明確的「熊」字最早見於戰國時秦《詛楚文》「楚王熊相」，其字作（巫咸）、（亞駝），從能從火，與《說文》篆形接近。但「熊」字爲何從火？許慎云「炎省聲」，學者們多遵從此說。季旭昇先生指出隸楷的「熊」字是承襲秦系文字的寫法，並就「熊」字之所以從能從火給出了三種

〔註 14〕王蘊智，嬴字探源〔C〕，王蘊智，漢語漢字研究論集，北京：中華書局，2004：98～104。

解釋。我們認爲第一種解釋較爲合理……秦漢文字把「美」下部的「大」形寫成「火」形，頗爲常見。因此，我們認爲「熊」字下部由「大」形譌成「火」形，應該是合理的推測……從能從火之「熊」只能產生於處於漢字隸變關鍵時期的秦漢時代，其形體當來源於「羸」及其古字「能」，是在二者形音義的相互「糾纏」下催生出來的「新生兒」。（黃德寬師認爲季旭昇先生所謂「熊」所從火乃「大」形近之譌的說法尚存在問題，因爲兩種字形中所謂「大」、「火」的位置上下不一致，與其所舉例字不一致。）

根據黃師的看法，從上述論述我們可以看到，有關能、熊的字形由於形義關係的疏離，闡釋者自己的主觀經驗背景在字形上留下諸多痕跡，使其字形在歷時的演變中發生了較大的變化，而這種變化也進一步加大了後世闡釋者彌合形義疏離的難度，從而讓相關形體各部分的由來變得撲朔迷離，但事實上如果我們能夠回到原初的構形實際，以靜態分類比較爲橫座標，以歷時字形演變軌跡爲縱座標兩相參照正確彌合形義疏離之後，我們也許可以給出有關熊能形體演變的更爲合理的解釋。

熊在殷商階段結構類型的歸屬爲特徵摹寫結構類型。如第二章相關部分所述，能作爲特徵摹寫象形字，其字形的構形基礎以及需要重點摹寫的必是在與同類動物比較抽象中獲得可以起到區別性作用的外在特徵。熊與鹿、虎、象等其它陸生四足動物一起被作爲同類事物加以對比考察的，每個字形體都突出了最具特色的特徵。

鹿，重點突出的是鹿角和鹿眼，這兩個特徵被一直繼承並被強化。字形演變軌跡如下：

殷商：鹿方鼎　鹿觚

西周：命簋　貉子卣

春秋：芮公鬲

戰國：石鼓文吳人　包山 179　包山 246

陶彙 3.153

小篆：

與鹿相似的例子還有：馬，突出鬃毛、馬尾以及較長的碼頭，這些特徵一直被保留且加以強化。虎，突出其作爲百獸之王的象徵——虎牙而身上的斑紋與其它猛獸有相似性沒有被始終保留。象，突出最有特色的象鼻，甚至象鼻末端的細微特徵都被忠實的保留了。

由上述例證我們可以看出摹寫具有區別其它同類事物的特徵是這些象形字構形的基礎，因此與其它陸生四足動物相比較，構成熊（能）的字形的構形基礎當然也是需要摹寫熊自身最具特色最容易爲先民所認識的特徵。熊屬於熊科雜食性大型哺乳類動物（亞洲黑熊廣泛分佈在我國西南方地區），一般體型碩大，巨首小耳短尾，吻部與巨大的頭部相比顯得比較細長（如圖），四肢強壯，每隻腳掌上都有五只鋒利的爪鉤（如圖），並且與虎一類的猛獸不同這些爪鉤無法收回到腳趾內，始終處於伸張狀態。熊以其鋒利的熊爪和強有力的熊嘴爲最主要捕獵和攻擊工具。由此可見先民們對熊的認識必然是從這些特徵開始，而對熊的特徵摹寫也必然從這些特徵出發進行取捨。

熊，卜辭中辭例殘損，實際用義不詳，其字形演變軌跡如下：

殷商：屯 2169

西周：能匋尊　沈子它簋蓋　番生簋蓋

縣妃簋

春秋：哀成叔鼎　叔夷鐘

戰國：雲夢效律 44　信陽 1.18 郭店老甲 18

郭店五行 9　十鍾　詛楚文

羕陵公戈　郭店太一生水 7

小篆：

從能（熊）的甲骨文形體來看，能之字形以熊爪和熊的吻部以及熊頭作爲重點摹寫對象，而短小的熊尾、熊耳居於次要地位。甲骨字形中熊首部分兩豎筆並非獠牙而是細長吻部上下額的抽象摹寫，而在殷商時期本五齒的熊爪也被抽象爲三齒，而這種情況在古文字中習見（這也是黃德寬師在指導過程中一再強調的象形結構抽象性的體現），如：

左，字形如下：

殷商：合 20807 　合 21219 　合 14888

合 34995 　合 34347 　合 28769

西周：H11：84 　H11：112 　H11：82

右，字形如下

殷商：合 20567 　合 19876 　合 14199

合 34045 　合 34322 　合 21796

西周：H11：84 　H11：1　H11：14

止（趾），字形如下：

殷商：合 20221 　合 21432 　合 20882

合 27321 　合 22384

左右本象手形，手當爲五指，但在字形中被抽象爲三指。止爲腳趾初文，也應爲五根腳趾，但在甲骨文中被抽象爲三趾，可見即便是象形字並不是完全寫實的圖畫，其字形具有一定的抽象性。因此熊的形體上首部兩豎筆即是熊上下額的抽象，所從三齒之爪也應當是熊爪的「寫意」之形。但是這種抽象性在帶來字形的簡省的同時也導致了形義關係一定程度上的疏離，爲後世的形體在闡釋者的介入下發生譌變埋下了伏筆。熊的原本被重點描摹的相對而言較爲細長的吻部（如圖 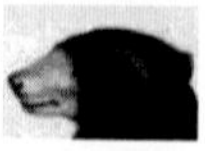  ）和熊的頭部，事實上這些特徵在抽象化以後形義疏離較大，不太容易被正確闡釋，如果要正確彌合這種形義之間的疏離，則必須掌握有關熊的非常豐富完善的經驗背景，一但後世的闡釋者的經驗背景不足，那麼字形變化必然難以得到正確的彌合，進而加劇形體變化。同時由於熊相對於其它動物而言出現在卜辭中的頻率較低，這也在客觀上也加劇了字形與字義之間的矛盾。

西周以後在金文中熊之本義基本不見而多用其假借義，形義關係進一步疏離，字形進一步變化，熊的吻部進一步譌變爲所謂肉形，而原本四足一般簡省爲兩足，熊爪齒數也在二三之間變動。春秋時期基本維持西周的字形。在形義關係的推動下至戰國能之字形進一步變化，熊之吻部與頭部被進一步放大，而四足及熊爪也多有變形。時至戰國，與熊之殷商時期形體  屯2169（簡稱爲A）最爲接近的戰國文字是  郭店太一生水7（簡稱爲B），下面我們來進一步分析：

B之上部所從 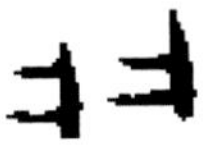 形，與A上部所從熊爪  形極爲相似（把 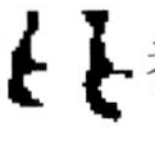 番生簋蓋所從翻轉後得到的  與 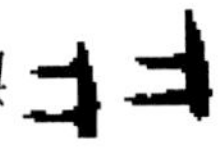 極似）。

B之中部所從  形即由A之熊都熊吻部及頭部  形漸變而來，其演變軌跡如下：

屯2169——→  番生簋蓋——→  叔夷鐘——→  郭店太一生水7

B之下部所從  形即由A之下部熊爪演變而來，其演變軌跡如下：

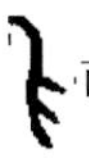

屯 2169——→ 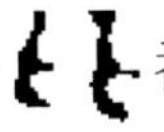 番生簋蓋——→  叔夷鐘——→  郭店太一生水7

通過上述字形排比我們發現，  郭店太一生水7即甲骨文熊（能）字。由此形體出發其它各種譌變形體就很容易理解了。袁金平師兄所列新蔡簡字形如下：

C  甲一7  甲三35  甲三237－2

D  零2  零71、137

CD兩形上部出現的 、 兩種形體實際上不過是 郭店太一生水 7 上部熊爪之簡省變形之例，如果我們將 郭店太一生水 7 上部熊爪 水平翻轉後可得 形，則與CD兩形所從之 、 較爲相近，可見將新蔡葛店楚簡中 CD 二字釋爲熊是正確的，目前暫無將其改釋爲羸的必要。

而 詛楚文 十鍾形體下部所從火形，也是熊爪譌變之後的結果，其演變軌跡如下：

屯 2169——→ 番生簋蓋——→ 叔夷鐘——→ 郭店太一生水 7——→ 甲三 237 零 71、137－2——→ 詛楚文 十鍾

至於熊、能的分化關係到底如何，在形義關係得到順利彌合之後也很容易做出較爲合理的判斷。自西周以後熊的形體演變有著兩條軌跡，一條由於熊多其假借義，形義關係進一步疏離，字形按照形體簡省的路線在發展：

屯 2169——→ 番生簋蓋——→ 沈子它簋蓋——→ 叔夷鐘——→ 雲夢效律 44——→ 郭店五行 9——→ 信陽 1.18——→

另一條發展路線則力圖維持著熊之初始構形實際，但形義關係的逐漸疏離還是使得字形發生了變化：

屯 2169——→ 能匋尊——→ 郭店太一生水 7——→ 、 新蔡簡——→ 詛楚文 十鍾——→

從上述發展路線中我們可以看出熊當爲本字，能則爲後起。《說文》:「能，熊屬。足似鹿。从肉㠯聲。能獸堅中，故稱賢能；而彊壯，稱能傑也。」又曰：「熊，獸似豕。山居，冬蟄。从能，炎省聲。」徐鉉：「㠯非聲。疑皆象

形。」從這些闡釋中我們可以看出所謂「足似鹿」、「從肉㠯聲」、「炎省聲」皆有形義疏離無法彌合而導致，而徐鉉的看法雖更貼近實際，但面對無法解釋的形義疏離也只能以「疑」作爲立論的出發點了。

《譜系》在這個問題的論述上也出現了一些矛盾，《譜系》:「熊，初文作能，後追加火旁而別爲熊，熊與能本一字分化。」又云:「熊，本象熊形，爲熊之本字。金文熊口譌作肉形㠯（以）形，遂聲化爲從㠯得聲。」可見後世的闡釋者不可避免的會根據個體的經驗背景去力圖彌合形義之間的疏離，但是限於個體經驗背景的豐富程度，在彌合字形的過程中「錯認」的現象難以避免〔註 15〕，而當文字形體尚未定型之時闡釋者的歧誤往往在字形上留下了種種痕跡，而這些歧誤的積纍甚至會導致對文字構形方式的誤判，進而導致其結構類型歸屬的錯誤。

綜上所述，特徵摹寫結構類型中的象形字，其字形與其用義之間結合緊密程度不如整體摹寫結構類型，或由於其特徵的認知或因缺乏靜態客觀的摹寫對象式的闡釋者，主觀介入的空間加大，進而提高了字字形發生變化的可能性。

第三節　附麗摹寫

以摹寫對象相關事物爲背景並藉助此背景凸顯、啓發、聯想所要摹寫對象的象形字稱作附麗摹寫象形字，由這些象形字組成的集合叫做附麗摹寫子結構類型。附麗摹寫子結構類型所摹寫的對象，大多也是殷商時期所習見的事物，但與前兩個子結構類型不同的是該類型的被摹寫對象本體自身的特徵不甚明顯或者至少很難被抽象出來並僅用平面的線條加以表達，以形表意原則的貫徹已經發生了相當的困難。因此如果仍堅持使用象形構形方式去摹寫這一類事物本體時，就必須藉助相關事物來參與字義的表達。在這裏相關事物只起到了提示聯想、範疇限定或者是引入經驗背景的作用，而字義本身並不與這些相關事物發生直接聯繫，字義僅僅與字形中摹寫本體的那一部分直接結合在一起，字義的重心完全偏向於字形中摹寫本體事物的那一部分，這種字義重心的偏移隨著時間的推移往往導致摹寫本體的字形部分與摹寫本體相關事物形體部分的斷裂，其形義疏離程度進一步加大，闡釋者介入的空間更爲廣闊，從而使得構形

〔註 15〕黃德寬、常森，漢字形義關係的疏離與彌合〔J〕，語文建設，1994，(12)：17～20。

方式發生調整進而使這些原本歸屬於象形結構類型的象形字嬗變成其它結構類型中的一員，最終導致附麗摹寫子結構類型在歷時演變的過程中其字形以及構形方式的穩定性遠低於前兩個類型。

同時我們還應看到這種以相關事物參與本體事物的表達方式與注形形聲結構有一定的相似性，然而兩者不同點在於注形形聲字的形符在位置上往往變動不拘，而附麗摹寫子結構類型中表達事物本體的字形與相關事物的字形有著位置上的制約關係，而這一制約關係正是來源於象形構形方式本身所具有的象形性，而這種摹寫被摹寫事物本體的字形以既定的位置關係附著於以間接方式參與字義表達的相關事物字形之上的位置關係正是附麗摹寫子結構類型的根本特徵。

另外值得關注的是當我們仔細考察附麗摹寫子結構類型的根本特徵時不難發現，《說文》所謂：「象形者，畫成其物，隨體詰詘」的象形定義已經並不完全適用，畢竟摹寫事物本體的字形部分無法通過「隨體詰詘」而直接「畫成」，必須藉助與摹寫本體相關的事物參與表達，可見《說文》有關象形的定義只是符合前兩類的構形實際，對於附麗摹寫子結構類型並不完全適用，也正是這一點比較明顯的體現了附麗摹寫子結構類型的在構形方式上存在一定的過渡性質，而這種過渡性質正反映了漢字構形方式發展過程中連續性和階段性的統一。具體參見下例：

眉，其字形演變軌跡如下：

殷商：合 3420 　合 3421 　合 7693

合 28774 　合 29388 　合 4503 甲

合 2516 　眉子鬲

西周：彧者鼎　寏鼎

春秋：魯伯大父作季姬簋

曹伯狄簋

戰國：未見

小篆：

《說文》:「眉，目上毛也。从目，象眉之形，上象頟理也。」眉象形重點在目上眉狀部分，雖然摹寫出眉毛之形狀，但如果沒有目提示出聯想以及判斷的依據，則很難判斷出 爲眉毛，而且即便通過造字者的人爲規定，將眉的意義固定在 上，也會由於其字形去其它字形（如山）區分度不大而不便於使用，因此將眉附著於目上，通過「目」來提供聯想、判斷的根據，從而提高了表意效率，降低了形義彌合難度。

頁，卜辭實際用義不詳，其字形演變軌跡如下：

殷商：合 15684 反　合 22215　合 22215

合 22216　合 22217

西周：卯簋蓋

春秋：未見

戰國：信陽 2.17　包山竹牘　璽彙 0308

小篆：

《說文》:「頁，頭也。从百从儿。古文䭫首如此。」《譜系》:「頁，甲骨文象人體而突出其首部。頁、首（百）唯繁簡之別。金文承襲甲骨文。戰國文字首上髮多譌作止形。楚系文字或由、省作，則與自字同形。參自字。」根據字形以及後世的說解，可見頁在殷商時期也有用作本義的例子，其表義的重點完全集中在附著於人體之上的頭部，而人體部分併不是表義的重點，僅處於次要地位，因此後世的闡釋者關注更多的是頭部而非人體部分，這正是附麗摹寫子結構類型的特點，也正是這個原因，使得人體部分形義疏離程度加劇，導致其形體譌變爲近似儿形。

由於附麗摹寫子結構類型字義表達的重點集中於附麗部分，而所附之主題反倒處於次要地位，使得形義疏離程度加大，故經常導致字形發生變化甚至斷裂進而改變其構形方式。

須，其字形演變軌跡如下：

殷商：合 675 正　合 816 反　合 17931

合 588 正　合 35302

西周：遣叔吉父盨　弭叔作叔班盨蓋　伯梁其盨

伯多父盨

春秋：未見

戰國：雲夢日甲 71 反　包山 88　須盂生鼎

雲夢日甲 71 反　包山 88

小篆：

《說文》:「須，面毛也。从頁从彡。」徐鉉：「此本鬚鬢之須。頁，首也。彡，毛飾也。借爲所須之須。俗書从水，非是。」《譜系》:「須，甲骨文象人面有顏鬚之形……須爲鬚之本字。」《集韻》:「須，俗作鬚。」殷商卜辭實際用義爲等待，當爲假借，但從後世形義關係來看，殷商時期須也可能用作本義，只是限於甲骨卜辭性質而未見其本義。須之本義與其字形結合緊密，闡釋難度較小，但是其表義重點是頁之上的顏鬚部分而頁這一部分僅僅起到提示作用，因此儘管至戰國時期表示顏鬚的「彡」在多數情況下還與頁連接在一起，但到了小篆則發生斷裂，使須的構形方式發生了調整，而這一調整與須的表義重點在「彡」是分不開的。另外需要注意的是《集韻》:「須，俗作鬚。」中的鬚其字形來源當與　合 27740　合 27742 有關，鬚左右兩側的彡人臉兩側顏鬚，髟象人首，頁爲人體譌變。

齒，其卜辭中實際用義爲：1 牙齒；2 年齒；3 地名。其字形演變軌跡如下：

殷商：合 3523　合 13644　合 13648 正

花東 281　合 6664 正　合 6664 正

 集 10769  齒兄丁觶　齒受且丁尊

西周：未見

春秋：未見

戰國：郭店唐虞之道 5  望山 2·2  曾侯乙墓 18

小篆：古文齒字

《說文》:「齒，口齗骨也。象口齒之形，止聲。」《譜系》:「甲骨文象口內有牙齒形。牙齒數或作一、二、三、四不等，或線化爲一短豎。金文承襲甲骨文。秦系文字又於上部追加止爲聲符。戰國文字齒下部或譌作臼形。」殷商時期齒有用作其本義之例，象形程度似乎也很高，一般來講形義矛盾不斷疏離程度較小的字形發生變化的可能性也較小，但是事實上，齒之本義僅僅是暫據字形中一小部分的數目不等一般不超過五個的齒形物來表達，如果對照（集 10769）我們就會發現，稀稀疏疏的牙齒象形程度是不夠的，形義之間的疏離客觀存在，因此在殷商時期就有加注聲符的例子，齒由象形結構嬗變爲形聲結構，而戰國文字繼承了這一構形方式。

雹，卜辭中實際用義爲冰雹，其字形演變軌跡如下：

殷商：合 12628　合 14156　合 11423 正

英 1076　合 21777

西周：未見

春秋：未見

戰國：帛書甲

小篆：古文雹

《說文》:「雹，雨冰也。从雨包聲。另雨下曰：一象天，冂象雲，水霝其閒也。」《譜系》:「雹，甲骨文象雨挾雹粒之形。」殷商時期雹之形體有象

雹之形體 合 21777，但更多的是如 合 12628 這樣結構的象形字。冰雹雖爲日常生活中常見事物，但是如僅僅依據雹之形體畫成其物會導致其形體難以區別於其它字形（如星），因此添加一個便於字義聯想的一表示天，進而提示「雨冰」這一天氣特徵，但其表義的重點仍在象冰雹之形的部分上。至戰國時期，由形體中的豎筆漸漸演化出弧筆最後演變爲包，使得雹的構形方式發生變化成爲形聲結構，而這也是雹之形體中表義的核心部分被闡釋者反覆加強而造成的結果。至於《說文》中認爲「冂象雲」，則不符合殷商時期構形實際。

總的來看，附麗摹寫子結構類型象形字，其表義的核心是對附麗的摹寫，其所附之本體部分一般只起到聯想提示作用，其形體發生斷裂構形方式發生調整的比例高於前兩個結構類型，其字義的重點落在「附麗」之上，字形中的主體部分僅僅提供了意義聯想的範疇，因此字義與字形的主體部分聯繫不如前兩類緊密，字義分佈的不均衡性更強，字形發生變化的可能性更大。而且正因爲附麗摹寫字義字形結合的不平衡性使得形義矛盾加劇，闡釋者介入的空間加大，使得附麗摹寫呈現出一定的過渡性質和較高的不穩定性，有力的推動了構形方式的調整，一定程度上啓發了會意和形聲構形方式。

第三章　指事結構類型研究

與象形結構類型分類研究的出發點一致，考察指事結構類型內部的分類情況的目的，並不在於對僅對相關字形作出分類，而更應該著重考察形義關係的變化發展以及這種變化發展對構形方式產生的影響。因此在考察指事結構形義關係特點時，應更加關注這一類型中本質特徵即指事符號在指事結構類型的地位和作用以及指事符號最終以何種方式對字義的表達產生影響，並以此作爲我們進一步細化指事結構類型結構的依據。當然這些考察和判斷都是以靜態的字形以及字形動態演變過程爲縱座標，並以形義關係爲橫座標，力圖給出指事構形方式在整個漢字系統中準確定位。

與象形結構類型不同，可能是由於指事結構所包涵的字形數量有限（即使是指事字數量相對較多的小篆系統，其指事字個數不足 130 個），六書的研究者細分指事結構的熱情並不如對待象形結構類型那樣高。對指事結構的細分從東漢以降到明以前未有較爲明確的分類研究，直到趙宧光才在《六書長箋》中對指事結構進行了細分：「指事者，指而可識也。……指事有二，一獨体指事，爲『一』、『二』、『三』、『十』之類；一附体指事，『上』、『下』、『本』、『末』之類。」可見明代學者已經認識到指事結構內部實際存在的兩種既相互聯繫又有所不同的類型。此後在沒有古文字材料做背景支撐的情況下，對指事結構類型的分類研究未能有大的突破，即便六書之學較爲興盛的有清一代，在指事結構類型研究上亦未有大的進展。王筠在《說文釋例》中把指事字分爲正例與變例兩種類型，在他看來凡是字形爲獨體並且象有形之物的就爲象形，而如果形體爲獨體但並非象有形之物的就應當是指事之正例。而所謂指事變例是指以符號組成的合體字。從這裏我們可以看出，王筠有關指事結構類型分類的論述，總體上仍在《說文》以及前代學者的理論框架體系內。

隨著古文字材料大量湧現以及相關研究的逐步深入，在材料和方法上都具有優勢的現代學者，在指事結構類型分類研究上有了進一步的突破。于省吾先生在《釋古文字中附畫因聲指事字的一例》指出：「……指事字的構成，有的連一個獨立偏旁也不具備，而由極簡單的點劃所構成，這是原始的指事字；有的僅有一個獨立的偏旁，而附以並非正式偏旁的極簡單的點劃以發揮其作用，這是後起的指事字。本文所論證的是：『古文字中附畫因聲指事字的一例』。這一類型的指事字，雖然也有音符，但和一般形聲結構都爲一形一聲兩個正式偏旁所配合的迥然不同……這一類型的指事字的特徵，是在某個獨體字上附加一種極簡單的點劃作爲標誌，賦予他以新的含義，但仍因原來的獨體字以爲音符，而其音讀又略有轉變。這當然是陸續後起的指事字。」〔註1〕

從于省吾先生有關附畫因聲指事字的描述以及文後的舉例說明來看，附畫因聲指事字作爲指事的一種類別的確有其科學性，儘管在所舉例證中有些例子的實際構形情況在今天看來未必符合附畫因聲指事字的定義，但是我們必須看到，有關附畫因聲指事字的理論闡釋，透過了紛繁複雜的古文字字形，敏銳的把握了指事結構和語音的聯繫，並準確的揭示出指事結構內部的靜態層次以及動態演變過程，爲我們進一步研究指事結構類型打下了基礎。

綜合起來看，指事結構類型以抽象符號爲本質特徵並以此將其內部子結構類型一以貫之，因此，將指事結構根據指事符號中透露出的形義關係作爲分類的依據，是有其科學性的，在此基礎上結合黃德寬師80年代初《文字學講義》中相關內容，將指事結構類型三個子結構類型，并分別定名爲刻畫指事、因形指事、因聲指事三個子結構類型。以下將分節加以討論。

第一節　刻畫指事

不依靠象形字或某一字的讀音附加指事符號，而是直接利用抽象的符號組

〔註1〕于省吾，甲骨文字釋林〔M〕，北京：中華書局，2009：445。

合變化構成的指事字叫刻畫指事字，由刻畫指事字所組成的集合叫刻畫指事結構類型。如：

五，甲骨卜辭實際用義爲數詞。其字形演變軌跡如下：

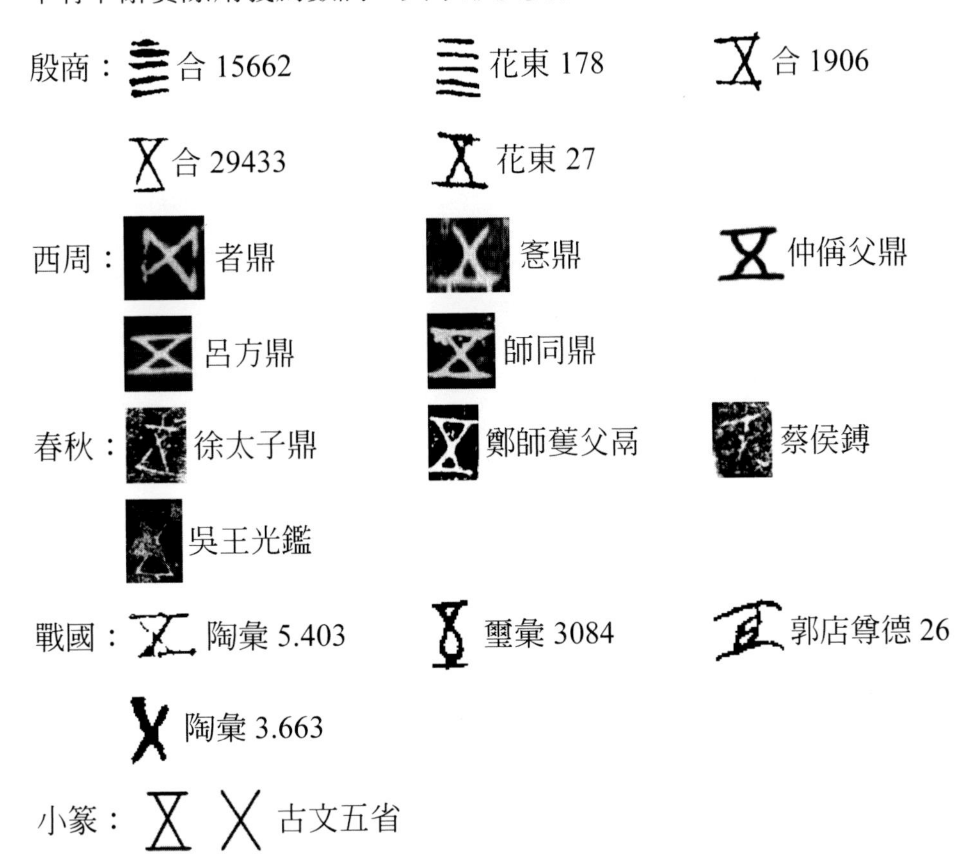

《說文》：「五，五行也。」《譜系》：「五，本刻識符號，其初形當作 X，即《說文》之古文。」從一至五都有以同數短橫組合表達字義的例證，但我們不能認爲這樣的組合就是以象形構形方式完成的構形。在這裏儘管短橫與所表達數詞之義同數，但我們並不能確指短橫具體所象何物，事實上此處的短橫已經被抽象爲一切具有數的特徵的代表，其標指的不是具體實物而是相應數的抽象概念，因此這些字形本身就具有指事結構類型所共有的特徵——抽象性，而這一屬性則是指事結構類型所共有的本質特徵。

八、九這兩個個指事字相對較爲特殊，在很多場合它們被認爲應當歸爲其它結構類型，如：

八，卜辭用爲數詞，形體演變軌跡如下：

殷商：/ \ 《合集》26774

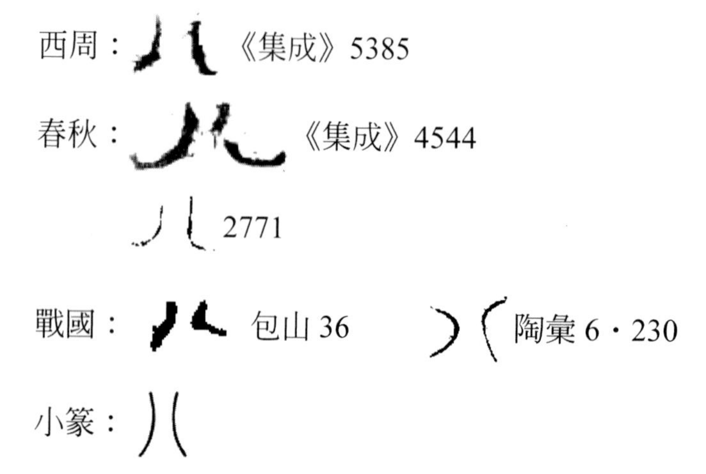

《說文》:「八，別也。象分別相背之形。」《段注》:「別也。此以雙聲疊韻說其義。今江浙俗語以物與人謂之八，與人則分別矣。象分別相背之形。」《譜系》:「八，甲骨文、金文作 ，示分別之意，戰國文字承襲商周文字。八之本意爲分別，疑即扒（捌）之初文，後借爲數詞八……」

九，卜辭用爲數詞，字形演變軌跡如下：

殷商：《合集》16149　　11200，《集成》

西周：H11：59　　《集成》9895

春秋：《集成》271

戰國：《集成》9693　　上博二・容成氏 24

曾侯乙

小篆：

《說文》:「九，陽之變也。象其屈曲究盡之形。」《段注》:「昜之變也。……象其屈曲究盡之形。許書多作詰詘，此云屈曲，恐後人改之。」《譜系》:「九，甲骨文象手臂形。或謂與肘之初文 同源。金文承襲甲骨文字。戰國文字承襲商周文字。九，从又，又亦聲。」

應當承認將八、九這兩個形體在不考慮其實際用義的情況下上述說解都是正確的，但是《譜系》也指出，八是借爲數詞八的，實際上假借的發生一般伴隨著形義關係完全斷裂，換而言之當八、九被借爲數詞八九指事，八、九的本義與八、九的字形就完全失去了聯繫，而八、九的數詞之義與八、九的形體也毫無關係，因此當八、九以表達數字意義出現的時候，其字形已經完全失去表義功能形義關係徹底斷裂，從而造成事實上的抽象化，所以這裏的八、九也僅僅是抽象的符號組合，而將八、九歸於這一類指事字也同樣由於其自身的抽象性。

總之，刻畫指事類型無論其字形本源爲何，當其表達抽象的數字之義時其本身也必然抽象化，而這種抽象化是我們將該類字劃爲刻畫指事字的主要依據。

第二節　因形指事

依據特定的字義表達需要，在象形字的特定部位或者其附近附加標指性符號而產生的指事字稱爲因形指事字，由因形指事字組成的集合叫做因形指事結構類型。應當講因形指事子結構是指事結構類型的典型代表，《說文》以下很多指事字的論述都是依據因形指事字展開的，因此該結構類型也是我們研究指事結構的重點所在。

如果從靜態的角度看，在因形指事子結構類型的形義關係的特點是通過指事符號與字形中的象形字的組合關係來表現，具體有以下幾種情況：

一標指局部。即所標指之處爲字形中象形字所表達的意義範疇中的一部分，而相對於整體來說所標指的這一部分與整體又是緊密聯繫無法分割，難以突出的，指事符號存在的意義正是在於通過直觀的標指完成細分這個整體意義範疇的需要。

項，甲骨卜辭中實際用義可能爲人的頸部，其字形演變軌跡如下：

殷商：[古文字] 屯 463　　[古文字] 英 97 正

西周：無

春秋：無

戰國：[古文字] 包山喪葬 1　　[古文字] 望山 2 號墓 12　　[古文字] 望山 2 號墓 13

小篆：[古文字]

《說文》:「項，頭後也。从頁工聲。」從殷商時期的實際情況看，儘管頸脖是人們所熟知的身體部位，但是如果通過以象形構形方式來完成表達項這個意義的構形則有一定難度，頸脖雖然習見於日常生活，但其特徵並不明顯，無論是用整體摹寫、特徵摹寫還是附麗摹寫都難以造出一個形體完成高效表義的任務。頸脖這個意義包括在人這個整體意義範疇之中，項以人爲其構形基礎，在人的基礎上通過コ這個指事符合，標指出人體的一的一個局部——項，於是這種既符合早期古文字以形表義的原則，又可以沿用爲人們所熟悉字形的構形方式，在這一類(須細化標指整體意義範疇)的情況中起到了重要作用。由於コ本身並不能承載項的含義加之コ又是附著於人形之上，即便脫離只要大概位置正確也不影響表義，其形義彌合難度不大，但至戰國時期人形譌變作頁而コ亦譌變作工，儘管其造字本義依然清晰存在，但後世闡釋者未必能正確解讀《說文》便是一例。我們認爲時至小篆形體項的構形方式尚未因闡釋者的主觀認識而發生並未發生改變其構形方式仍爲指事，項仍屬指事結構類型。

身，卜辭中實際用義爲：身躬、軀體。其字形演變軌跡如下：

殷商：合 822 正　合 6477 正　合 13669

合 13713 正　合 13666 正　合 17978

懷 504

西周：H1：64　獻簋　通彔鐘

士父鍾

春秋：紀公壺　公子土斧壺　慶叔匜

夆叔匜

戰國：湖南 106　雲夢爲吏 47　包山 210

郭店成之 7　璽彙 5593

小篆：

與項相似，軀幹這個意義雖然有形可象但在二維平面結構中卻難以準確高效的加以摹寫，如果堅持以形表義原則僅僅使用象形構形方式來構造字形則很難達到目的。因此以人形為基礎，細化人這個概念範疇，通過指事符號的標指完成構形成為效率最高的方式。從殷商時期的實際構形情況來看，身正是通過在人形基礎上加附指事符號 完成身的初次構形，而這種形體的 與其它字形如人的相似程度較高，因此在此之上再加標指符號的 形便出現了，到了西周時期，身的下半部分有時會加上一橫筆，這應當為後世闡釋者進一步添加的指事符號，同樣是標指身之所在，戰國時期進這種下半部分加橫劃的身進一步取得優勢地位成為小篆所本。值得注意的是如此一再的運用指事符號的結果必然導致形義關係一定程度上的疏離，使後世闡釋者彌合形義矛盾的難度加大，時至《說文》時代便認為：「身，躳也。象人之身。从人厂聲。」可見此時以將身人為的從指事結構類型劃分到形聲結構類型，但是如果我們從歷時的角度來看，身的構形方式並沒有發生調整，其構形方式仍為指事。

刃，卜辭中實際用義為地名，其字形演變軌跡如下：

殷商： 合 117 正　　 合 117 正　　 合 21051

 英 321

西周：未見

春秋：未見

戰國： 雲夢・答問 90　 郭店・成之 35

小篆：

《說文》：「刃，刀堅也。象刀有刃之形。」《譜系》：「刃，甲骨文、早期金文從刀，以 或 標識鋒刃所在，指事。戰國文字標識符號省為橫斜筆。」刃屬刀的一部分，雖有實物卻難以用象形構形方式完成構形，因此在刀的基本形體上運用指事符號細化刀這個整體範疇，標指出刃為刀的一部分，形象直觀既堅持了以形表義的原則使形體表義效率較高，同時使得形義疏離程度較小基本不會發生大的形體變化，時至小篆形體仍與甲骨形體高度相似，其構形方式未發生變化。

總的來看，這種以標指局部細分範疇的構形方式可以用已有的爲人們熟知的象形字爲基礎，細分整體範疇，標指出所要表達的局部，有著良好的繼承性，表義效率很高，形義關係緊密，雖字形有歷時變化積纍，有時不被後世闡釋者所認識，但總體上譌變程度較小，構形方式一般未發生變化。（其指事符號形態的演變將在下一章作介紹）

二標指處所。指事符號所標指之處並非字形中象形字所表達意義範疇中的一部分，而是基本形體接觸的某個處所，這個處所高度抽象並不確指某個具體場所，由指事符號本身代表這個高度抽象的處所。

立，甲骨卜辭實際用義爲：1 站立；2 樹立，建立，設立；3 蒞，蒞臨；4 用作求雨祭祀的動作，其字形演變軌跡如下：

殷商：合 20332 　合 811 正 　合 14254
合 32849 　立㘝父丁卣 

西周：立爵　㑭鼎 　陳純釜

春秋：秦公鎛 　孫叔師父壺

戰國：陶彙 5.398 　郭店緇衣 3 　郭店緇衣 12
貨系 2655 　璽彙 4247 

小篆：

《說文》：「立，住也。从大立一之上。」據殷商時期立之構形實際來看有用其本義即站立之例「貞，王立」（乙 3331），「站立」及其引申義相對抽象並不便於通過象形構形方式完成構形，在以形表義的原則下以大爲基礎，用一橫筆標指所立之處，以指事構形方式完成形體構形。需要指出的是，這裏的一在表面上又似乎應該代表某種實物，比如大地之類，而在此基礎上進一步認爲立當爲以大和一相會構成會意結構，如徐鉉：「大，人也。一，地也。

會意。」但王筠在《說文釋例》中認為，兩個部件一個成字另一個不成字則不應歸於會意。我們認為大下之橫筆看似代表實物，而事實並非如此，因為這裏的橫筆並不能確指到底是大地還是臺階，事實上這裏的橫筆已經抽象化，這個橫筆不具有任何象形性質，其意義僅在於標指大之所處，其所處何地與表義無關，而且此橫筆與大之形體在位置上有著明顯的限定性，如果這一橫畫不在大之底部就無法標指站立之本義，這種形體上的約束性很強，在歷時的演變中這一橫筆是始終為脫離基礎字形，因此將其歸入會意結構類型是不恰當的。

至，卜辭中實際用義為：到，來到。其字形演變軌跡如下：

殷商：合 667　　合 32183

西周：·2385

春秋：《集成》11666　425

戰國：包山·12　郭店·五行 17　上博二·從政 5

《說文》:「至，鳥飛从高下至地也。从一，一猶地也。象形。不，上去；而至，下來也。」據殷商字形來看至當為矢之尖端加一橫筆，此處之橫筆也並無確指對象，可以將橫筆看做「一猶地也」，也可看做箭靶等等，而事實上這裏的橫筆與立之下端橫筆一樣已經抽象化並不代表任何實際的物體，是所到之處的一個符號化的代表，而且這裏的橫筆也必須和矢的箭頭緊密聯繫在一起才能完成其表義功能。至戰國時期其下端再加一短橫，但至此仍未改變其構形方式，但是與「屰」(《說文》未能準確認識，屰當為大的倒形）類似，當矢總是以倒矢的形態出現時，後世的闡釋者依據自己的經驗背景在對字形進行再闡釋時會造成一定的誤解，《說文》的說解就是一例，但這種誤解並沒有改變至的結構類型客觀歸屬。

於上述兩例類似的還有：

𠂤，卜辭中實際用義為：1 讀次駐紮；2 人名；3 地名。其字形如下：

殷商：合 5813　　合 6536　　合 7356

合 777 正

下端之橫筆標指駐紮之處。

之，甲骨卜辭中實際用義爲 1 前往 2 指事代詞，相當於此。其字形演變軌跡如下：

殷商：合 5033 　合 6461 正 　合 5775 正

合 31705 　花東 5 　花東 7

西周：咟公昏簋

春秋：鑄侯求鐘 　取它人鼎

戰國：郭店老子甲 2 　郭店老子甲 4

小篆：

之，當爲從一止，而止下端橫筆標指出發之處。

此二例都有一橫筆與基礎字形緊密相連，通過指事符號的標指表達相對抽象的意義，解決了象形構形方式難以解決的構形問題，而這裏橫筆皆爲處所的抽象代表（與其它兩個小類的指事符號抽象程度還有細微差別）並無確指自然也不成字，因而這一類字不應歸爲會意而應歸屬指事結構類型。當然由於闡釋者的經驗背景差別，後世闡釋者未必能正確認識這些字形的構形實際（如《說文》:「之，出也。象艸過屮，枝莖益大，有所之。一者，地也。」解說非是)。

三標指物品。這裏的抽象指事符號所代表的一般是與基礎字形相關的事物，與標指處所的短橫一樣，這類事物並不強調其象形性也無需指事代表何物，而僅僅以點劃作爲事物的抽象代表。如：

曰，甲骨卜辭實際用義爲：1 說、叫、令；2 叫做；3 介詞於。其字形演變軌跡如下：

殷商：《合集》137 　《集成》2774

西周：《集成》2263

春秋：11566 　4128

戰國：陶彙 5・384 　包山 125 　包山 141

哀成叔鼎

小篆：

《說文》:「曰，詞也。从口乙聲。亦象口气出也。」《譜系》:「曰，從口，口上有一指事性的符號 ▬，表示言自口出。」殷商時期在口上加一短橫表示所說之詞，這裏我們可以看到，這裏將無形可象的言語用短橫代表，而短橫本身也不可能以其本身形體來表義，在這裏短橫僅僅起到抽象指代作用。

以下幾例亦與上述字例同屬一個類型：

勺，甲骨卜辭實際用義不詳，其字形演變軌跡如下：

殷商：勺方鼎

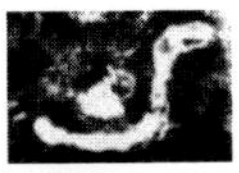

西周：搆勺白戈

春秋：未見

戰國：郭店語叢 3.24 　貨系 2675 　鶴廬印存

小篆：

《說文》:「勺，挹取也。象形，中有實，與包同意。」《譜系》:「勺，象勺具之形。勺內圓點表示食物。」

以，卜辭中本義爲攜物以送來，其字形如下：

殷商：合 21284 　合 21284 　合 1024

合 22542 　合 33972 　合 32994

丹，字形演變軌跡如下：

殷商：合 716 正 　合 8014 　合 24238

西周：庚嬴卣　　作公丹鎣

春秋：二年戈

戰國：鐵雲　　包山 170　　聚珍 161.2

貨系 895　　貨系 899　　璽彙 0521

小篆：　古文丹　　亦古文丹

《說文》:「丹，巴越之赤石也。象採丹井，一象丹形。」

上述三例字形中都有一抽象指事符號，其所標指之物並非具體實物，而是各種事物的抽象代表。這一抽象符號與基礎字形同樣有著很強的位置限定關係，而這種關係也是我們將這些本義並不十分明確的字形歸爲指事結構類型的一個原因。

第三節　因聲指事

借用本字讀音並在本字字形上附加一個標指性的符號而構成的新字叫做因聲指事字，由因聲指事字所組成的集合叫因聲指事結構類型。

千，甲骨卜辭中實際用義爲數詞，十百。其字形演變如下：

殷商：合 8424　　合 11473　　合 6409

合 17911　　合 34525

西周：善夫汈其簋　　汈其鼎　　翏生盨

春秋：晉姜鼎

戰國：龍崗 217　　郭店窮達 10　　璽彙 0349

璽彙 3466　　上博二容成氏 51

小篆：

《說文》:「千，十百也。从十从人。」《段注》:「十百也。从十人聲。《譜系》:「千，在人字下加一横或一點作別意標誌。而仍因人以爲聲。

百，甲骨卜辭實際用義爲數詞十十，其字形演變軌跡如下：

殷商：合 20250　合 21247　合 15428

合 302　合 115　屯 503

西周：禽鼎

春秋：吳鏄

戰國：青川木牘　郭店老甲 1　中山圓壺

璽彙 4919　璽彙 3279

小篆：

《說文》:「百，十十也。从一、白。數，十百爲一貫。相章也。百，古文百从自。」《譜系》:「數詞百字係在白字上面加一横以別於白，而仍因白以爲聲。兩字構形方式相同。」

上述三例可視爲較爲標準的因聲指事，其基礎形體上的指事符號目的是借本字之讀音，因而此類指事符號僅僅起到區別字形的作用。在觀察此類指事字時，我們發現限於時代、材料等客觀原因，有些因聲指事字的類型歸屬可能還需商榷，如：

尤〔註 2〕，卜辭實際用義爲：1 過失；2 地名。其字形演變軌跡如下：

殷商：合 16931　合 32782　屯 3148

合 22621　合 30896　合 38579

〔註 2〕于老等釋爲尤，陳劍先生以爲甲骨金文釋爲「尤」的「文」字，是意爲「大拇指」的「拇」字表意初文；殷墟卜辭的絕大部分「文」字或許與後世卜筮常用的「咎」字表示的是同一個詞。陳劍，甲骨金文舊釋「尤」之字及相關諸字新釋〔C〕，陳劍，甲骨金文考釋論集，北京：線裝書局，2007：57～80。

西周：獻簋

春秋：未見

戰國：未見

小篆：未見

《說文》:「尤，異也。」从乙又聲。徐鍇曰：「乙欲出而見閡，見閡則顯其尤異也。」《譜系》:「甲、金文尤字係在又字上加一短橫（或一斜筆），亦或在又字下劃處添加斜筆（後世訛爲从乙）。尤爲贅肬之肬的初文。」按：《譜系》說解更符合殷商時期構形實際，尤還當歸於因形指事。

第四節　因形指事抽象符號及其基礎字形研究

一、因形指事基礎字研究

在因形指事字中，這些看似較爲簡單的基礎字形（即因形指事中指事符號所依附的象形字），究竟屬於象形結構中的哪幾類或是哪一類，作爲指事字的一部分它們自身的屬性對整個指事字字形產生了怎樣的影響，它們與指事符號之間的關係如何？如果試圖回答這些問題，我們必然涉及到這些作爲指事結構主體部分的基礎字形。但長期以來，在針對指事字的研究中，所關注的焦點大多集中於指事符號以及文字靜態分類討論，而較少關注對於指事字中的基礎字形，因此更進一步的考察指事字中基礎字形必然成爲我們不可迴避的問題。

通過調查統計我們發現，殷商時期的因形指事字共有 41 例，而與人的身體有關的基礎字形有：元、天、言、厷、肘、甘、曰、之、壬、身、臀、面、項、、膝、卪、亦、亢、夫、立共 20 例占總量的 48%強，而我們現在暫時不能確知其基礎字形所象何物的僅有：再、皀這兩例，僅占總量的 4%。由此可見因形指事字基礎字形中的絕大多數都是人們所熟知習見的事物，同時這些基礎字形的形體較爲簡單，筆畫也相對較少，而這些因素對因形指事字的形體穩定起到了一定作用。

更重要的是從靜態角度看，而這些指事字中的基礎象形字形又全部來源於象形結構中的整體摹寫和特徵摹寫結構類型，而這種現象值得我們關注。我們認爲之所以會出現這種現象，其更加本質的原因還應當從整體摹寫結構類型和特徵摹寫結構類型的特點中去探求。如前所述，整體摹寫象形字特點有三：1、承載著社會生活常用的整體意義範疇；2、字形爲獨體字且象形程度高；3、義關係緊密，闡釋難度小。正因爲這三個特點，使得整體象形字才既有細劃概念、完善字義系統的客觀需要，又有在抽象指事符號參與表義以後仍能讓社會成員有廣泛接受的可能。而特徵摹寫結構類型亦有上述前兩個方面的優勢，只是在第三點上由於字形重點落在特徵部分造成形義關係疏離闡釋難度稍大，不容易爲社會成員廣泛接受，而這也直接導致特徵摹寫象形字作爲基礎字形所佔比例遠小於整體摹寫類象形字（僅見元、天兩例）。

具體來看，隨著社會生活的豐富生產的發展，認識水平的提高，人們有了進一步細分整體概念的需要，因此整體摹寫象形字的意義範疇也就有了被細分的可能，同時由於字形象形程度高，形體中每一部分與摹寫對象對應關係大致清晰，因此加入指事符號後其所標指之物、標指之處也能清晰可辨，再加上這類象形字形體簡單，較爲常用並且闡釋難度低，故在其字形基礎上產生的新字也容易爲廣大社會成員所接受，所以整體摹寫象形字成爲指事字基礎字形的最佳來源。進一步對比我們發現，附麗摹寫類象形字，其字義涵蓋的意義範疇相對較小，且字義僅與字形中的一部分結合在一起，形義疏離程度大，闡釋難度大，故此類象形字成爲指事結構基礎字形的概率較小。

特徵摹寫結構類型中的象形字，與整體摹寫類相似，同樣具有包涵整體意義範疇、字形較簡單、象形程度比較高的特點。該類象形字通過突出形體特徵表達字義，而這一點與因形指事字有著一定的相似性（指事符號的標指也起到一定的突出形體中某一部分的作用），但是如果僅靠字形上的特徵摹寫仍不能準確表達字義時，引入指事符號進一步標指強化這種特徵，自然成爲一合理的選擇，如：

元，甲骨卜辭實際用義爲：1 初、始；2 人名，侯伯名；3 地名。其字形演變軌跡如下：

殷商：合 19790　　合 14822　　懷 898

合 27894　　狽元作父戊卣

西周：召鼎　師酉簋　師虎簋

春秋：徐王之子戈　天尹鐘　王孫遺者鐘

戰國：雲夢編年 5　書也缶　攻敔王夫差劍

侯馬

小篆：

《說文》:「元，始也。从一从兀。」《譜系》:「元……兀、天一字分化。」從殷商時期字形看，「元」既有屬特徵摹寫型的 狽元作父戊卣 合 19790 形，亦有屬因形指事型的 合 14822 懷 898 形，而我們之所以最終將元歸入指事結構類型更多的是考慮了其歷時演變的情況。如果單就殷商這一歷史時期看，元的指事結構的形體中所從的兀形其類別歸屬仍是特徵摹寫類，由於原有的特徵摹寫（即加大頭部）不一定能夠準確被其它社會成員準確辨識（大天都有這種頭部成圓形的字形，與元易混），如何進一步有效區分字形中需要加強的部分，成爲造字者必須考慮的問題，所以這種通過在原有字形基礎上添加指事符號，從而進一步標指出需要突出特徵的構形方式成爲造字較爲自然的選擇，在構形方式的調整下，元的字形表義更加明確清晰，而形體本身也繼承了原有象形結構的以形表義原則，從而容易爲廣大社會成員所接受。但是這種特徵強化基礎之上的再強化，其理解闡釋難度較大，所以能成爲因形指事字基礎字形的特徵摹寫象形字的數量很少。

需要指出的是由於因形指事字都是運用象形程度高，形義關係較爲緊密，闡釋難度相對較低的整體摹寫、特徵摹寫兩類爲人們所熟悉的象形字作爲基礎字形，因此因形指事字的象形性很強，以形表義的原則也較好地得到貫徹，故該類型形義疏離不大，闡釋難度較低，而指事符號之所以能夠以其自身的抽象性參與到以形表義的過程中來，也正是由於基礎字形的這種較強的象形性。

二、因形指事符號研究

指事符號作爲指事結構中標誌性的符號，在指事結構中佔有重要位置，雖然其本身具有抽象性，但正因爲指事符號的存在使得整個字形得以用較爲簡略的字形表達難以摹寫的相對抽象的字義，顯示出較高的表義效率，而且在一定程度上，指事符號還以其自身的抽象性維持了字形的以形表義的原則，這些看似矛盾的現象無不昭示這我們去進一步關注指事符號本身，但長期以來對指事符號的描述僅限於其本質特徵抽象性，但這種簡單的描述尚不足以解釋上述看似矛盾的現象，因此進一步開展針對指事符號本體的研究尤其必要。

（一）指事符號的來源

根據現有的資料來看，有些指事符號可能並非從一開始就具有徹底的抽象性，從指事符號形體上看指事符號也並不是以單一的點橫的形式出現的，其形態或多或少還有以形表義的孑遺。

刃，甲骨作  合 117 正  合 117 正  合 21051  英 321  冬刃戈  冬刃鼎

至戰國作  雲夢・答問 90  郭店・成之 35 等形。殷商時期可以肯定爲刃的指事符號有  、 而  合 117 正  合 117 正，終所從的  形我們之所以將它不當做刃的直接描摹，除了字形上的依據外（  之兩端並未與刃形連接與整體摹寫類的特點不符），更多的是參考了指事字面的情況：

面，卜辭中實際用義爲：1 面；2 方國名。其字形歷史演變軌跡如下：

殷商：  合 21427  合 21428  花東 113

花東 226

西周：未見

春秋：未見

戰國：  郭店・唐虞之道 25

上博二・容成氏 14

小篆：

考察「刃」和「面」這兩個指事字的指事符號，我們發現指事符號有著較爲明顯的「隨體詰詘」現象，這一方面是受指事結構中基礎字形的影響，另一方面也是指事符號的抽象性尚未徹底形成的表現。雖然刃的指事符號在殷商時期就已經過渡到較爲抽象的、形，但由於受到以形表義原則的影響面的指事符號一直維持著「隨體詰詘」的形態。與之類似的還有：

臂，甲骨卜辭實際用義爲：1 人名；2 地名。其字形演變軌跡如下：

殷商：合 21803　　合 9947　　合 376 正

合 7075 正　　合 13750 正　　合 17977

分析上述指事字的指事符號我們可以看到，指事符號並非只有橫、點這種單一的形態，由於以形表義的需要以及受到基礎字形象形性的影響，指事符號呈現出多種形態，呈現出「隨體詰詘」的現象，自身殘留著一定的象形性。進一步考察後我們還發現，下列指事字的指事符號很可能有著有較爲確定的來源

天，甲骨卜辭的實際用義爲：1 頭頂；2 大。其字形演變軌跡如下：

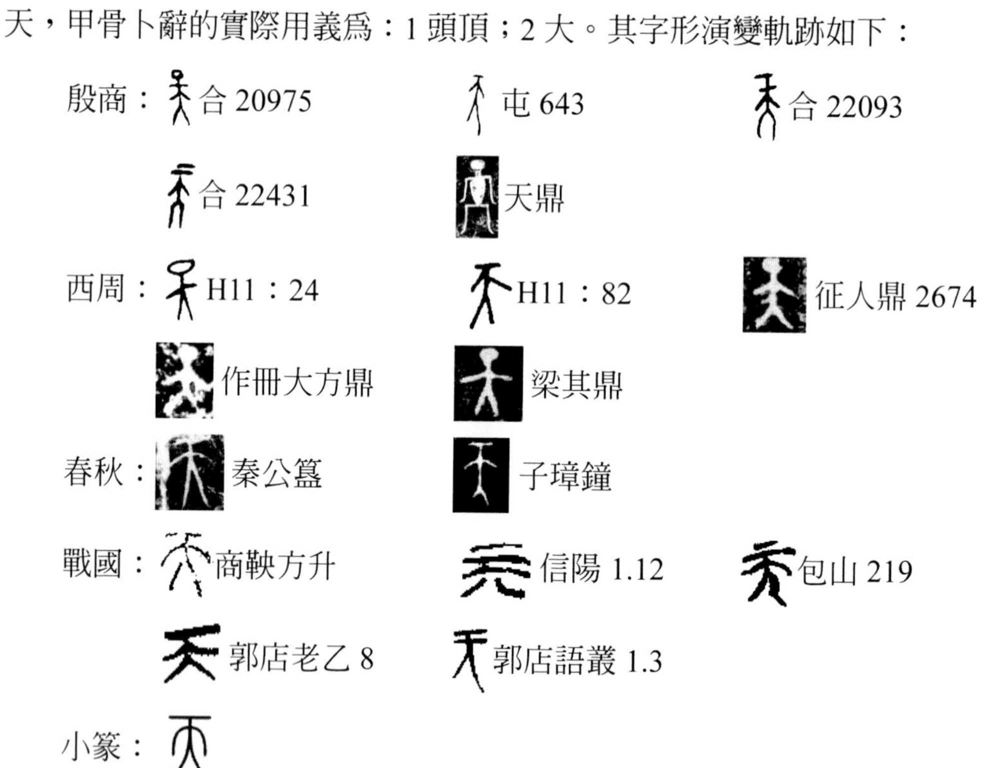

和「元」類似，「天」在殷商時期既有特徵摹寫的類型，又有因形指事的類型，但是事實上我們很難分清屯 643 中的一橫到底是指事符號還是頭的

簡寫，而這種模糊性在西周時表現更爲明顯如  H11：24  H11：82。根據上述現象我們可以推論至少一部分指事符號受到以形表義原則以及基礎字形的影響，自身殘留著一定的象形性，甚至有一定的實物來源，指事符號的抽象性是在歷時演變過程中逐步形成的。

（二）指事符號的性質

1、指事符號自身的抽象性

儘管在考察殷商時期的指事符號時，我們發現指事符號的抽象性並非天然具有，而是有著一定發生發展過程，但指事符號的本質屬性仍是抽象性。從指事符號整體發展歷程來看，其發生發展的歸屬點仍是其抽象性，所以我們認爲指事符號的本質屬性是抽象性，這種抽象性也成爲我們判讀指事字類型歸屬的一個關鍵依據。

𦃃，字形演變軌跡如下：

殷商：合 26875 　合 21816

西周：𦃃駒父鼎

春秋：未見

戰國：郭店・緇衣 29 　上博一・緇衣 15

信陽・第二組遣策 2

《說文》：「𦃃……从絲，絲連不絕也。」《譜系》：「甲骨文𦃃，從三系（或從二條），其上斜筆（或𠆢筆）相聯。指事。聯之初文。」按：《譜系》將𦃃歸於指事結構類型值得進一步討論。𦃃從二系，其上斜筆（或𠆢筆）表達聯結之狀，而𠆢就是聯結之物，兩系連接部分象形性很強，其實體來源清晰並無抽象性，整個字形體現了較爲明顯的以形表義的特點，可見其本身並非是純粹的指事符號，從二系會關聯之意，故𦃃當屬會意結構類型中以形會意結構類型。

言，字形演變軌跡如下

殷商：《合集》440　　4519　　26752

西周：5354

春秋：《集成》53

戰國：郭店楚簡・語叢四

上博・二從政 11

上博一・孔子詩論 20

小篆：

《說文》:「言，直言曰言，論難曰語。从口䇂聲。」《譜系》:「甲骨文言，從舌，上加一橫表示言語生於舌。」言之一橫標指無形可象的言語，故此一橫具有抽象性。

2、指事符號對於基礎字形的依賴性

抽象性的指事符號和所依附的基礎字形之間的地位，與會意字兩個成字部件近乎對等的地位不同，抽象符號對指示符號中的成字部件有著絕對的依賴關係，一旦指示符號脫離指事字中的成字部件，抽象符號本身無法和本字字義產生必然聯繫，無法承擔獨立標指字義的功能。在我們看來因形指事字其貫徹的表義原則仍是以形表義，而抽象的指事符號之所以能參加的這個表義過程中來，完全取決於指事字中的基礎字形，因此抽象的指事符號必須依賴於基礎字形才能眞正承擔起標指字義的作用。肘，卜辭實際用義爲手肘，在殷商時期字形爲：合 11018 正　13676 正　合 4899　懷 786。從這裏我們可以看到肘有象形的例證，也有指事的例證，無論有沒有指事符號，兩種結構的字同樣可以表達肘之義，但是如果指事符號脫離本體卻無法單獨完成表義。由此可見指事符號不能獨立存在，只能依賴於基礎字形才有存在的可能。

朱，卜辭實際用義爲地名，其字形演變軌跡如下：

殷商：合 36743　　合 37363　　合補 11103

西周：女朱戈觶　即簋　王臣簋

春秋：蔡侯朱缶

戰國：曾侯乙

小篆：

《說文》：「朱，赤心木，松柏屬。」《譜系》：「朱，從木，中間加圓點表示根株在土上者，指事。木亦聲（朱，木均屬侯部）。朱爲株之本字……朱所從 爲地下根部，圓點所示正在其上。圓點或演化爲橫筆作 或演化爲兩橫作 。至於戰國文字 之根部短橫，純屬飾筆。」

厷，肱之初文卜辭中實際用義爲：1 手臂；2 宏大。其字形演變軌跡如下：

殷商：合 13678　合 13679　合 5532 正

合 21565　亞厷方鼎

西周：未見

春秋：未見

戰國：上博二・民之父母 9

小篆：古文　厷或从肉

《說文》：「厷，臂上也。从又，从古文。」「《段注》：ㄙ，古文厷，象形。象曲肱。」

《譜系》：「厷，甲骨文係在又（肘初文）形下部內側別加C形圓弧筆，表示肱部。字或省寫作 形，與膺字初文 、 的變化相同。厷字所從 旁亦或譌作 （又）形。厷、肱爲古今字。戰國文字習將 C 形符號與又旁脫離作 、 等形，小篆遂因之譌變作 形。」按：《譜系》說解正確。

上述兩例中指事符號同樣對本體有著很強的依賴性，指事符號只有依附於基礎字形的特定部位，才能參加到表義過程中來，指事符號脫離基礎字形就失去了存在的意義，僅當指事符號附著於木的中部才能標指出株之本義，附著於手臂部才能標指出肘之部位，當這些指事符號的位置發生變動時，其表達的意義要麼發生改變要麼不構成新字，可見這種新意義的來源並不在於指事符號本身，而仍在於基礎字形，指事符號的作用僅限於標指。

3、指事符號標指部位的單一性

在指事字中，指事符號的數量是有限的，一般只有一個指事符號的存在，即便出現兩個指事符號，也不意味著同時標指兩個部位或兩個意義，而僅僅是因爲基礎字形存在著兩個同質的部位，正是同質部位的數量決定了指事符號的數量，所以在同一指事字中出現的兩個指事符號都有著共同的指向，也正因爲如此，一個指事符號的省簡並不影響指事字的表義。如：刅

刅

殷商：未見獨體刅

西周：《集成》9532　5767

春秋：未見

戰國：陶彙 3・867　中山方壺

《說文》:「刅，傷也。从刃从一。創，或从刀倉聲。」《譜系》:「刅，從刃，刀柄又施短筆畫表示被刀所傷。指事。」

亦，卜辭中實際用義爲：1 腋下；2 也。其字形演變軌跡如下：

殷商：《合集》6589　12487　34150

24247《集成》　1635

西周：《集成》10864　2724　4628

10174

春秋：未見

戰國：《集成》2782

《說文》：「亦，人之臂亦也。从大，象兩亦之形。」《譜系》：「亦，從大（人形），兩點表示腋之部位，指事。腋之初文。或省一點做、，或加四點作。」

上述兩例中均出現兩個指事符號，但此處指事符號所標指的部位均屬同質部位，因此即使如、一樣，某個指事符號脫離也不會造成字義的差別或構形方式的變化。

4、指事符號形式上的單一性

從殷商時期的字形實際情況來看，在與指事符號標指部位方式的多樣性作比較之後，我們發現，在殷商時期指事符號的形體形式一般表現爲可以單筆寫成的點劃圈形，而沒有更爲複雜的形式。這一點是由指事符號的抽象性以及自身擔負的標指功能所決定的，而指事符號的抽象性又是由於指事符號本身並無實體事物的來源所導致的，由於指事符號的抽象性，使得指事符號無需描摹事物的客觀形體，同時其擔負標指作用又使得指事符號不能過於複雜，否則會影響表義效率，加大了形義疏離程度，違背以形表義的原則。

牟，甲骨作合 18274 合 18275 英 1289 等形，戰國作 高奴權故宮 470 珍秦 101 等形。《說文》：「牟，牛鳴也。从牛，象其聲气从口出。」《段注》：「牛鳴也。从牛。厶象其聲气從口出。此合體象形。」《譜系》：「牟，甲骨文從牛中豎上別加口狀指事符號。迺牛之派生字，牛亦聲。戰國文字從牛上▼，尙有商代文字遺意，小篆即由此譌變，或縮寫作橫或豎或圓點。」譜系清晰的描述了牟之指事符號的演變情況，儘管牟的指事符號較爲複雜，形態不一，但是其形式總體上還是較爲簡單，仍都是以一筆可寫出的圖形。

面，甲骨作合 21427 合 21428 形，到西周時演變爲金文編・卷一（瑂之所從）。戰國時期則進一步演變爲 郭店・唐虞之道 25 上博二・容成氏 14 等形。从字形的演變軌跡中我們可以看出，面的指事符號形體較長，「隨體詰詘」的情況較爲明顯，但是這個看似複雜的指事符號其形體仍可一筆畫成。可見指事符號的抽象性以及自身擔負的標指功能，決定了指事符號形式上的單一性。

第四章　甲骨文基礎字形使用情況分析

甲骨文基礎字形使用情況調查的意圖在於考察甲骨文基礎字形的字義在甲骨卜辭中的實際使用情況，爲相關現象的討論打下基礎。由於甲骨卜辭中很多問題尚沒有定論，我們只能根據形義關係原則，以及學界較爲通行的看法，將字義分作「本用」和「借用」兩個大的基礎類型。本用中包括本義、引申義兩個小類，這裏所說的本義和引申義比詞彙學中的一般本義和引申義要寬泛，有不少是根據形義關係作出的推測。借用分爲祭祀相關、人名（貞人名）、地名（方國名）、虛詞或讀爲四個小類。由於甲骨時期我們尚不能斷定是否存在後世「專字專用」意義下的假借現象，所以這裏使用了「借用」這一同樣依據形義關係原則而設立的類別。

在借用類型中「祭祀相關」類比較複雜。由於有些基礎字形和祭祀聯繫緊密，依據形義關係原則我們將這些基礎字形的實際字義用法放在了本義或引申義一列，如：示，廟主；祇，似爲祭名；裸，酌酒灌地以祭；祝，禱祭；祟，祭名，用牲之法等基礎字形。而絕大多數基礎字形的「祭祀相關」的用法我們放在了借用一列，這主要是因爲就我們目前掌握的資料來看，該基礎字形的字形與字義之間沒有明顯的可靠的聯繫。當然我們必須承認，此處的詞義劃分仍有很多不完善的地方，有不少劃分沒有確切論據支持，必然存在謬誤的可能。

在處理職官名時，我們也考慮了一些實際用法情況，如：馬的職官名用法我們也歸入引申義中，而其它我們不能直接判斷形義關係的職官名，我們一般歸入借用一類。我們除了將「丘，地名」這樣的基礎字形的字義放在本用一欄外，一般將人名、貞人名，地名、方國名也視爲借用，而傳統意義上認爲是假借的一類字義也放在借用這一類中（理由如前所述）。

在調查後我們會對每一類調查作出定量的分析，在定量分析後根據一些統計數據，就涉及到的一些現象作出一些討論，這些討論主要針對象形、指事小類的局部問題，相關較爲宏觀的問題我們放在第五章一併討論總結。在下編我們還附有字義負擔調查簡表，以供參考。

第一節　象形結構類型使用情況分析

這裏我們從形義關係出發，認爲對甲骨文基礎字形應該有兩個比較重要的內涵並不相同卻又緊密聯繫的基準觀測點：

一是本用、借用使用情況對比。這是建立在本用借用分類調查基礎上的，以數據比例反映使用情況對比的一個觀測點。這個基準觀測點反映的是作爲甲骨文基礎字形的象形結構類型和指事結構類型，其本用和借用在實際使用時在義項上的分佈情況，通過某結構類型的本用借用義項分佈跨度分析，即形義關係疏離分析，來推測字義的歷史演進情況，進而歸納形義關係疏離程度，並推斷構形方式發生變化的內在可能。

二是字義義項負擔情況分析。从這個觀測點出發，我們主要考察了甲骨文基礎字形擔負義項數量的情況，反映了基礎字形擔負義項繁重程度總體情況以及各結構類型之間的負擔對比情況，並以甲骨文符號系統力圖準確記錄語言這一內在原則，以及形義關係聚合與疏離情況爲基礎，觀察形義關係，推斷導致構形方式發生變化的潛在原因。

爲了便於觀察我們將甲骨文基礎字形象形結構類型的本用、借用使用情況總結成以下幾個表格：

表一：甲骨文象形結構類型本用借用情況調查表

甲骨文基礎字形使用情況數據分析		總字頭數	本用			借用			
			本義	引申義	本用交集	與祭祀有關	人名或地名	虛詞或讀為	借用類交集
象形	整體摹寫	173	69	43	23	18	109	68	9
	特徵摹寫	107	43	28	15	6	64	29	9
	附麗摹寫	23	10	7	6	3	14	3	2
三項合計		303	122	78	44	27	187	100	20

注：本表去除了結構不明的類型，列出了甲骨文基礎字形象形結構中三小類象形字的字頭數和三類合計的總字頭數，分類統計了每一類中出現的本用各項和借用各項的的字頭總數，查找了本用中既有本義又有引申義以及借用中四項借用的字頭總數。

表二：甲骨文象形結構本用借用使用情況所佔比例一覽表

甲骨文基礎字形使用情況數據分析		總字頭數	本用			借用			
			本義所佔比例	引申義所佔比例	本用交集所佔比例	與祭祀有關所佔比例	人名或地名所佔比例	虛詞或讀為所佔比例	借用類交集所佔比例
象形	整體摹寫	173	39.9%	25.0%	13.3%	10.4%	63.0%	39.3%	5.2%
	特徵摹寫	107	40.2%	26.2%	14.0%	5.6%	59.8%	27.1%	8.4%
	附麗摹寫	23	43.5%	30.4%	26.1%	13.0%	60.9%	13.0%	8.7%
三項合計所佔比例		303	40.3%	25.7%	14.5%	8.9%	61.7%	33.0%	6.6%

注：本表去除了結構不明的類型，列出了甲骨文基礎字形象形結構中三小類象形字的字頭數和三類合計的總字頭數，分類統計了每一類中出現的本用各項和借用各項字頭數占三項合計總字頭總數的百分比。

表三：甲骨文象形結構僅見本用借用對比調查表

甲骨文基礎字形使用情況數據分析		三類總數	僅見本用	僅見借用
象形	整體摹寫	173	21	77
	特徵突出	107	24	48
	隨形附麗	23	6	11
合　計		303	51	136

注：本表調查了象形結構中僅見本用和借用的字頭數，藉以進一步瞭解字義的分佈情況。

表四：甲骨文象形結構僅見本用借用對比調查比例表

甲骨文基礎字形使用情況數據分析		三類總數	僅見本用	僅見借用
象形	整體摹寫	173	12.1%	44.5%
	特徵突出	107	22.4%	44.8%
	隨形附麗	23	26.0%	47.8%
合　計		303	16.8%	44.9%

注：本表調查了象形結構中僅見本用和借用的字頭數占本小類的比例，希望通過數值比例進一步瞭解字義的分佈情況。

表五：甲骨文象形結構字義負擔情況比例調查表

甲骨文基礎字形		字頭總數	一	二	三	四	五	六	七	八
象形	整體摹寫	173	24.8%	30.0%	27.1%	9.2%	3.4%	0.5%	0.5%	0%
	特徵突出	107	40.1%	21.4%	24.4%	6.5%	1.8%	1.8%	0.9%	0%
	隨形附麗	23	39.1%	21.7	17.3%	17.3%	0%	0%	0%	0%

注：本表在統計每個字頭擔負的義項數量的基礎上，進行字義義項負擔比例對比調查。希望通過比例對比來發現字義負擔繁重與否與構形關係調整之間的聯繫。

從本用借用使用數據情況對比來看，位於用法比例前三甲的是借用爲人名地名的用法、本用中的本義用法以及借用中虛詞和「讀爲某」的用法。作爲甲骨文字系統中居於重要地位的象形字，其基礎性地位在用法中也得到了一定程度的印證。象形字中出現本義用法的字頭總數爲 122 個，占到了總字頭數的 40.3%。這個居於第二位的用法比例體現了象形結構的本質特徵象形性，反映了形義關係在象形結構中仍在很大程度上聚合在一起，闡釋者介入的可能受到一定程度限制，構形方式也具有了內在穩定的因素，也正是從這個意義上說象形結構在甲骨文字系統中居於基礎性地位。

進一步來看，從該表的比例數值對比出發，我們還可以看出一般意義上被人們認爲是描摹客觀事物的象形字，在字義的使用上最突出的表現不是與其形體緊密聯繫的本用，而與之形體象形性相背離的較爲抽象的借用用法，有 61.7%字頭被用做人名貞人名或地名，同時還有 33.0%的字頭被借用作虛詞和「讀爲」。從這個現象出發，我們可以看到，一方面象形結構中形義關係得以堅持，另一方面隨著借用的大量出現又加劇形義關係的疏離，從而爲闡釋者留下了一定的闡釋空間，並進一步積纍構形方式調整的內在動力。

通過數據我們看到，上述兩種看似矛盾的現象，是通過實際使用而統一於象形結構類型之中的，客觀反映了象形結構的發生發展。一般來說，在造字之初，造字者往往是依據事物的客觀形象加以描摹，而釋讀者依據字形以及主觀經驗加以闡釋，因此從象形字造字之初其字義的形象性是非常高的，借用現象當不會大規模發生。但隨著生產生活範圍的擴大（從借用中大量的人名地名用法中也可得到間接證明），殷商時期的詞彙量較前代必然逐步增大，甲骨文符號系統爲了完成記錄語言的需要，也在多個方面進行了調整，概況起來有主要有以下幾種：一是在舊有的字形上附加新的字義，二是增加新的字符〔註 1〕，三是在現有字形形體加以多種形式的改造，四是用某一個字形在特定的語境下表示相關的兩個客觀事物，五是構形方式的根本調整。

一般來說，原本「象形」的象形字，必須歷經較長的時間才能演化出與其字形關係聯繫鬆散的相對抽象的借用用法，同樣象形字擔負多個義項也需要經過一個歷史過程，因此以此爲依據我們有可能通過觀察借用用法在字義本用借用用法分佈上的跨度、義項數量擔負的繁重程度，來推導該字形使用歷史的長短以及構形方式發生調整的可能性。如前所述，從字義本用借用分佈的跨度上看，象形字在保持了相當比例的本用的基礎上，借用用法大量出現，出現借用用法的字頭比例較高。同時象形結構中僅見本用用法的字頭僅有 16.8%，而僅見借用用法的字頭數卻占到 44.9%（而象形結構類型的代表即性最強的整體摹寫結構類型僅見本用的比例只有 12%，而同時借用用法則達到 44.5%），這進一步說明了象形字在使用層面上，因記錄語言的需要，已經在很大程度上打破了字形形體的象形性的約束，改變了以形表意的原則，客觀上加深了甲骨文字系統的符號性。

從象形字字義負擔情況來看，30.5%的象形字僅有一個義項，而擁有兩個至四個義項象形字占到總字頭數的近 70%。由上述兩個方面我們可以推斷，象形結構應當已經有了一個相當長的演進歷史，鑒於 4.2%的象形字擁有五到七個義項，甲骨文象形結構的起源應當大大早於甲骨文出現時期，漢字的源頭顯然應該向更加遙遠的歷史去追尋。

〔註 1〕 以下幾種情況我們將在第五章展開討論。

從象形結構內部的三個小類型來看，象形結構內部的層次性，既體現在各小類本用借用用法比例數值的差別上，也體現在每一小類的字義負擔相關情況的差別上。整體摹寫結構類型可能起源早於其它兩類。整體摹寫結構類型本用各項調查的數據顯示，整體摹寫結構類型使用比例低於其它各類，而借用的三項數値又基本高於其它兩類。同時僅見本用的比例只有 12%，而僅見借用用法高達 44.5%，對於象形性最強的一個小類型來說，這些都是是値得重視的現象。再者從字義義項負擔上看，該結構類型擔負了五至八個義項的字頭比例也明顯高於其它兩個類型，因此整體摹寫結構類型應當起源最早，字形字義演化歷史也最長，形義關係疏離程度較大。

從字義分佈上看附麗摹寫類型較爲値得關注。附麗摹寫類型在本用借用使用上有著不同於其它兩類的特點，即：在本用使用比例高於其它兩類的基礎上，虛詞和「讀爲」這一類借用用法比例僅爲 13%，遠低於其它兩類的使用比例。同時從表四本用借用使用情況來看，附麗摹寫中僅見本用用法的比例最高。而就字義負擔情況來看，擔負了五至八個義項的字頭比例爲 0%。這些也可以說明附麗摹寫類型有可能在起源上晚於其它兩個小類型，其形義關係疏離程度相對於整體摹寫來說較小。

需要注意的是，儘管整體摹寫結構類型的形義關係疏離程度加大，字義負擔較重，但由於其本用用法比例仍較高，字形形體與字義之間有本用做橋樑，闡釋者需要調動的主觀經驗較少，因此介入的空間較小，所以該類型加注形符聲符的等構形方式發生調整的現象較少。而附麗摹寫結構類型，雖然形義關係疏離程度稍小於整體摹寫結構類型，但是由於其闡釋空間較大，隨著時間的推移在借用用法和字義負擔的作用下構形方式發生調整的比例較大。

第二節　指事結構類型使用情況分析

我們對於甲骨文基礎字形指事結構的分析，仍然立足於對指事結構類型本用、借用使用情況的對比以及字義義項負擔情況分析。其目的也是以甲骨文符號系統力圖準確記錄語言這一內在原則以及形義關係聚合與疏離情況爲基礎，希望通過字形和用法的分析，推測字形字義的歷史演進情況，進而歸納形義關係疏離程度，進而推斷構形方式發生變化的內在可能。

表一：甲骨文指事結構類型本用借用情況調查表

甲骨文基礎字形使用情況數據分析		總字頭數	本用			借用			
			本義	引申義	本用交集	與祭祀有關	人名或地名	虛詞或讀為	借用類交集
指事	刻畫指事	14	13	0	0	1	1	0	0
	因形指事	42	20	15	8	12	24	12	2
	因聲指事	7	0	0	0	0	4	4	0
三項合計		63	33	15	8	13	29	16	2

注：本表去除了結構不明的類型，列出了甲骨文基礎字形指事結構類型中三小類指事字的字頭數和三類合計的總字頭數，分類統計了每一類中出現的本用各項和借用各項的的字頭總，查找了本用中既有本義又有引申義以及借用中四項借用的字頭總數。

表二：甲骨文指事結構本用借用使用情況所佔比例一覽表

甲骨文基礎字形使用情況數據分析		總字頭數	本用			借用			
			本義所佔比例	引申義所佔比例	本用交集所佔比例	與祭祀有關所佔比例	人名或地名所佔比例	虛詞或讀為所佔比例	借用類交集所佔比例
指事	刻畫指事	14	92.9%	0%	0%	7.1%	7.1%	0%	0%
	因形指事	42	47.6%	35.7%	19.1%	28.6%	57.1%	28.6%	4.8%
	因聲指事	7	0%	0%	0%	0%	57.1%	57.1%	0%
三項合計所佔比例		63	52.4%	23.8%	12.7%	20.6%	46.0%	25.4%	3.2%

注：本表去除了結構不明的類型，列出了甲骨文基礎字形指事結構中三小類象形字的字頭數和三類合計的總字頭數，分類統計了每一類中出現的本用各項和借用各項字頭數占三項合計總字頭總數的百分比。

表三：甲骨文指事結構僅見本用借用對比調查表

甲骨文基礎字形		三類總數	僅見本用	僅見借用
指事	刻畫指事	14	13	1
	因形指事	42	8	14
	因聲指事	7	0	7
合　　計		63	21	21

注：本表調查了指事結構中僅見本用和借用的字頭數，藉以進一步瞭解字義的分佈情況。

表四：甲骨文指事結構僅見本用借用對比調查比例表

甲骨文基礎字形		三類總數	僅見本用	僅見借用
指事	刻畫指事	14	92.8%	7.1%
	因形指事	42	19.0%	33.3%
	因聲指事	7	0%	100%
合　計		63	33.3%	33.3%

注：本表調查了指事結構中僅見本用和借用的字頭數占本小類的比例，希望通過數值比例進一步瞭解字義的分佈情況。

表五：甲骨文指事結構字義負擔情況比例調查表

甲骨文基礎字形		字頭總數	一	二	三	四	五	六	七	八
指事	刻畫指事	14	92.8%	0%	7.1%	0%	0%	0%	0%	0%
	因形指事	42	26.1%	28.5%	21.4%	14.2%	4.7%	0%	0%	2.3%
	因聲指事	7	57.1%	42.8%	0%	0%	0%	0%	0%	0%
合　計		68	44.1%	25.0%	14.7%	8.8%	2.9%	0%	0%	1.47%

注：本表在統計每個字頭擔負的義項數量的基礎上，進行字義義項負擔比例對比調查。希望通過比例對比來發現字義負擔繁重與否與構形關係調整之間的聯繫。

當我們從本用借用以及字義負擔兩個觀測點來考察指事結構時，我們發現指事結構的三個小類表現出了與象形結構迥然不同的情況。具體來說，刻畫指事的本用用法佔有絕對優勢，借用用法僅為 7%左右，同時字義負擔也較輕，一般只有一個用法。與刻畫指事相反，因聲指事結構類型的本用用法（依據形義關係而言的本用）為 0%，而借用用法佔有絕對優勢，字義負擔比起刻畫指事結構類型要重。而因形指事結構類型似與象形結構的本用借用使用情況以及字義負擔更為接近，對比如下表：

甲骨文基礎字形使用情況數據分析		總字頭數	本　用			借　用			
			本義所佔比例	引申義所佔比例	本用交集所佔比例	與祭祀有關所佔比例	人名或地名所佔比例	虛詞或讀為所佔比例	借用類交集所佔比例
象形	整體摹寫	173	39.9%	24.9%	13.3%	10.40%	63.0%	39.3%	5.2%
	特徵突出	107	40.2%	26.2%	14.0%	5.6%	59.8%	27.1%	8.4%
	隨形附麗	23	43.5%	30.4%	26.1%	13.0%	60.8%	13.0%	8.7%

<table>
<tr><td rowspan="3">指事</td><td>因形指事</td><td>42</td><td>47.6%</td><td>35.7%</td><td>19.1%</td><td>28.6%</td><td>57.1%</td><td>28.6%</td><td>4.8%</td></tr>
<tr><td>刻畫指事</td><td>14</td><td>92.9%</td><td>0%</td><td>0%</td><td>7.1%</td><td>7.1%</td><td>0%</td><td>0%</td></tr>
<tr><td>因聲指事</td><td>7</td><td>0%</td><td>0%</td><td>0%</td><td>0%</td><td>57.1%</td><td>57.1%</td><td>0%</td></tr>
</table>

對比因形指事結構與象形結構類型字義本用借用分佈以及字義擔負繁重程度的各項數值，我們不難發現各項數值之間沒有本質性的差別，我們認爲因形指事結構類型之所以與象形結構類型的用法更爲接近，主要是因爲因形指事字的構形基礎是象形字，因此象形結構類型的用法也相應的映像到了因形指事結構之中。從字義本用借用分佈以及字義擔負繁重程度上來看，因形指事結構指事字也應該經過了相當長時間的歷史演變過程。

從因聲指事的字義分佈較窄以及字義負擔很輕的情況來看，其源起應當相對較晚，而其相對抽象的用法也反映了因聲指事結構開始萌發了自覺運用語音來構建新字形的方法，此處的字形已經不再將字形作爲構形的核心，而是將字音提高到了相當高的地位，這種構形特點是否啓發了形聲構形方式尚待加以進一步考察。

值得注意的是，刻畫指事結構類型的本用用法占絕對優勢、字義負擔輕，也並非偶然，由於刻畫指事字字形結構相對簡單使用頻繁，其中像「一、二、三、四」這樣的指事字還有著一定的象形性，使其形義關係結合較爲緊密，因而闡釋者需要調動的主觀經驗參與闡釋的空間也較小，所以刻畫指事結構類型的構形方式發生調整的比例較小。

第五章　甲骨文基礎字形構形及使用規律研究

利用甲骨文基礎字形在甲骨文字系統中的地位和作用，運用新的理論成果和考察查方法，對甲骨文基礎字形開展進一步的研究將有利於我們考察甲骨文字系統中一些較爲宏觀的問題。爲此本章將以甲骨文基礎字形構形和使用情況定量定性分析爲基礎，著重討論有關甲骨文基礎字形以及漢字系統的一系列相互關聯的問題。

第一節　甲骨文基礎字形形義關係與甲骨文字系統成熟度判斷

對甲骨文字系統成熟程度的判斷，不僅有利於我們瞭解甲骨文字系統自身屬性，還對我們尋求漢字起源線索，探索早商文明有著重要的參考價值。然而某種程度上說，早期我們對甲骨文的成熟程度的判斷有著兩個比較明顯的缺陷：一是多做定性判斷，少有系統分析、仔細排比，更缺乏統計數據等實證證據支持；二是未將形義關係結合起來，從字義分佈與負擔這樣一個形義關係原則去看甲骨文字系統成熟程度。

黃德寬師清楚地看到了這一點，並一再強調應該秉承姚孝遂先生研究成果，進一步創新研究方法，以動態分析以及形義關係原則爲基礎，以甲骨單字在卜辭中的實際使用情況考察爲參照，作出相關定量定性分析，而這將有利於我們科學的認識甲骨文字系統以及整個的漢字系統的相關問題。正是在這個指導思想下我們開展了對甲骨文基礎字形實際使用情況的定量定性研究，並藉甲骨文基礎字形的基礎地位，試圖探求甲骨文字系統的成熟程度問題。

黃德寬師還率先利用古文字學界最新成果系統的討論了甲骨文字體系成熟度的問題：「我們認爲，確立一個文字符號系統的發展程度，主要應從這個符號系統的構成、符號化程度、符號書寫形式、符號功能等方面作出具體分析，並且這種分析應以代表該系統進入成熟階段的可靠資料爲依據，這樣才能得出正確的結論。」〔註 1〕

在甲骨文符號的構成方面。黃德寬師認爲沈建華、曹錦炎等人根據最新的調查研究，在姚孝遂先生主編的《殷墟甲骨刻辭類纂》基礎上〔註 2〕將甲骨文單字字數增補爲 4071 個，同時指出，傳統「六書」中之「四體」（即象形、指事、會意、形聲），甲骨文皆已具備，而且從動態分析理論出發指出甲骨文字系統的構形方式的活力已經發生區別性的變化，從而表明甲骨文構形方式已處於較高水準。需要補充的是，雖然甲骨文基礎字形只占甲骨全部單字的百分之十左右，但正是這百分之十的基礎字形，又爲其它兩種構形方式提供形音義的必要準備。

在甲骨文字的符號化程度方面。黃德寬師認爲文字作爲記錄語言的符號系統，從原始狀態到成熟階段，經歷著一個形體符號化的進程，即文字符號從較爲原始的圖形，逐步簡單化、線條化和規範化，從而形成適宜記錄語言的符號系統。並認爲姚孝遂先生的結論即「甲骨形體已經經過了符號化的改造，無論在線條化還是在規範化方面，都已具備了相當的規模，文字形體的區別方式與手段已達到相當高的水準。」〔註 3〕是可靠的。

〔註 1〕黃德寬，殷墟甲骨文之前的商代文字〔C〕，荊志淳等編，多維視域——商王朝與中國早期文明研究，北京：科學出版社，2009：122～138 頁，（以下在討論中引述黃德寬師有關甲骨文系統成熟程度的論述皆引自該文，後文將不再標明出處）

〔註 2〕姚孝遂、肖丁主編：《殷墟甲骨刻辭類纂》，北京，中華書局，1989。該書將甲骨文單字標號爲 3551 字，見該書《字形總表》。

〔註 3〕參閱姚孝遂《甲骨文形體結構分析》，載《古文字研究》第二十輯，北京，中華書局，2000。

在甲骨文字符號的書寫形式方面。黃德寬師認爲甲骨文字系統尤其是基礎字形已經逐漸擺脫了以形表義原則的束縛開始追求平衡對稱重心平穩，這表明甲骨文時代漢字的書寫技巧已達到很高的水準。作爲記錄當時口語的書面語，甲骨文字符號記錄語言的功能自然已經發展到成熟的階段。這裏黃德寬師已經運用形義關係原則將字形和字義以及語言結合起來考察，而爲了進一步將使用情況引入考察視野，找出更多的實證數據，按照黃德寬師的要求，我們通過對甲骨文基礎字形的使用情況的調查研究，力圖更加精準的考察甲骨文字系統的成熟問題。

爲了論述方便，我們將甲骨文基礎字形本用借用使用情況調查情況匯總如下：

甲骨文基礎字形本用借用使用情況所佔比例一覽表

甲骨文基礎字形使用情況數據分析		總字頭數	本用			借用			
			本義所佔比例	引申義所佔比例	本用交集所佔比例	與祭祀有關所佔比例	人名或地名所佔比例	虛詞或讀為所佔比例	借用類交集所佔比例
象形	整體摹寫	173	39.9%	24.9%	13.3%	10.40%	63.0%	39.3%	5.2%
	特徵摹寫	107	40.2%	26.2%	14.0%	5.6%	59.8%	27.1%	8.4%
	附麗摹寫	23	43.5%	30.4%	26.1%	13.0%	60.8%	13.0%	8.7%
指事	刻畫指事	14	92.9%	0%	0%	7.1%	7.1%	0%	0%
	因形指事	42	47.6%	35.7%	19.1%	28.6%	57.1%	28.6%	4.8%
	因聲指事	7	0%	0%	0%	0%	57.1%	57.1%	0%
各項合計所佔比例		366	42.3%	25.4%	14.2%	10.9%	59.0%	31.6%	6.0%

注：「各項合計所佔比例」是各類字頭數之和總字頭數的比例。其它各項比例是該類字頭數與本類總字頭數之間的比例。

甲骨文指事結構僅見本用借用對比調查比例表

甲骨文基礎字形使用情況數據分析		字頭數	僅見本義比例	僅見借用比例
象形	整體摹寫	173	12.1%	44.5%
	特徵摹寫	107	22.4%	44.8%
	附麗摹寫	23	26.0%	47.8%

指事	刻畫指事	14	92.8%	7.1%
	因形指事	42	19.0%	33.3%
	因聲指事	7	0%	100%
三項總計		366	19.7%	43.1%

甲骨文基礎字形本用借用使用並集情況對比調查一覽表

甲骨文基礎字形使用情況數據分析		總字頭數	本義引申義並集	本用類並集所佔比例	借用類並集	借用類並集所佔比例
象形	整體摹寫	173	89	51.5%	145	83.8%
	特徵摹寫	107	56	52.3%	80	74.8%
	附麗摹寫	23	11	47.8%	16	69.6%
指事	刻畫指事	14	13	92.3%	1	7.1%
	因形指事	42	27	64.3%	34	81.0%
	因聲指事	7	1	14.3%	7	100%
三項總計		366	215	58.7%	312	85.2%

注：所謂本義引申義並集是指本用中本義引申義至少出現一種用法的字頭集合，借用並集與此同。

甲骨文指事結構字義負擔情況比例調查表

甲骨文基礎字形		字頭總數	一	二	三	四	五	六	七	八
象形	整體摹寫	173	24.8%	30.0%	27.1%	9.2%	3.4%	0.5%	0.5%	0%
	特徵突出	107	40.1%	21.4%	24.4%	6.5%	1.8%	1.8%	0.9%	0%
	隨形附麗	23	39.1%	21.7	17.3%	17.3%	0%	0%	0%	0%
指事	刻畫指事	14	92.8%	0%	7.1%	0%	0%	0%	0%	0%
	因形指事	42	26.1%	28.5%	21.4%	14.2%	4.7%	0%	0%	2.3%
	因聲指事	7	57.1%	42.8%	0%	0%	0%	0%	0%	0%
合 計		366	33.6%	26.0%	23.8%	9.0%	2.7%	0.8%	0.5%	0.2%

從《甲骨文基礎字形本用借用使用情況所佔比例一覽表》中可以看出，在甲骨文字系統中居於基礎性地位的基礎字形，其出現借用用法的字頭已經占到了多數，而其本用用法字頭數退居其次。而《甲骨文指事結構僅見本用借用對比調查比例表》中則更明顯的體現出借用用法的優勢地位，表中僅見借用的字頭比例在 43.1%左右，而僅見本用的字頭比例僅在 19.7%，尚不足借用用法的

一半。《甲骨文基礎字形本用借用使用並集情況對比調查一覽表》反映的是本用借用各項用法至少出現一個義項的字頭占總字頭的比例情況。從這個數據出發可以更進一步看出借用用法的主導地位。在從字義負擔情況看，多義項比例占到主導地位，有約 66%的基礎字形擁有兩個以上義項，從字義負擔的繁重程度上看，甲骨文基礎字形中有 13%的字頭擁有超過了四個義項，義項負擔較爲繁重。

總的來看，就字義分佈和義項負擔數據來看，甲骨文基礎字形借用用法占絕對優勢，字義負擔相對繁重，其字形字義演化歷史較長，雖然甲骨文基礎字形起源於以形表義的原則，但到了殷商時期這些基礎字形形義關係疏離程度業已較大，而這一點除了使基礎字形積纍了構形方式嬗變的內在動因之外，還說明了甲骨文基礎字形基本適應了記錄殷商語言的需要，可證甲骨文字系統的成熟程度已經達到了較高水平。

第二節　甲骨文基礎字形的幾種調整方式

形義關係疏離程度的加劇，反映了生產生活的豐富與發展，而日漸增多的義項需要漢字系統加以記載表達，於是有兩個方向可以選擇，一個方向是以單字爲基礎的調整；二是建立在單字組合基礎上的調整。就甲骨文基礎字形來說，主要是在第一個方向上做了調整，總結起來主要有以下五種調整方式：一是在舊有的字形上通過引申和借用附加新的字義；二是增加新的字符形體，也就是運用構形方式創造新字；三是在現有字形形體加以非構形方式調整的改造；四是用某一個字形在特定的語境下表示相關的兩個客觀事物；五是構形方式的發生根本調整。

第一種調整方式我們在前面已經有所描述。五是構形方式的發生根本調整。這種方式在甲骨文基礎字形中出現了一些，主要是對字形做了形聲改造，這一點在黃德寬師的博士論文中已經有了詳盡的論述，此不贅述。下面重點談第二、三、四種方法。

第二種方法屬於運用構形方式另造新字，甲骨文大量的單字符號是某種程度上說明了這一點。毋庸置疑甲骨文單字數量巨大，熟練掌握並運用這樣字符是相當困難的，從這個意義上說甲骨文應當是較爲成熟的文字系統。但是如果說我們只是簡單的將現代漢字的常用字符量和甲骨文字符量作對比而不考慮實際使用情況，這又不能說不存在缺陷，因爲現代漢字系統已經適應了記錄現代漢語的新的需要，可以用單字之間的組合來記錄合成詞，因此有限的符號可以在理論上組合成大量的凝固結構（也正是這種高效率記錄語言的方式，最終終結了漢字所有的構形方式的生命力），而甲骨文仍是以單字來記錄語言，因此必然會有大量的單字產生並共時使用，但這種記錄語言的方式效率較爲低下，在達到一定數量後必然遭遇難以掌握和使用的技術瓶頸，因此將甲骨文字的單字數和現代漢字的常用單字數做簡單對比並不能完善的證明甲骨文字系統的成熟程度，而只有當我們進一步從使用層面來考察甲骨文字系統才能找到更加全面的證據，也正因爲此黃德寬師特別強調了對甲骨文基礎字形使用情況的調查和研究。

三是在現有字形形體加以非構形方式調整的改造。在本次調查過程中我們觀察到在一定語境下，將甲骨文基礎字形形體稍作調整變化而起到區別字義的作用。如基礎字形中「臣」:

臣，殷商字形如下：

H.20354　H.21386　H.5581

H.117　H.217　H.614

H.630　H.5578　H.32978

H.33249　H.30298　H.27896

H.27604　H.22374　H.22042

Jc.10665　Jc.10667

其甲骨卜辭實際用法爲：

①奴隸奴僕

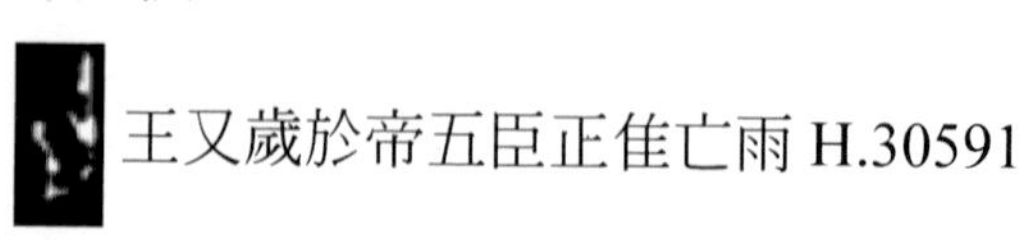王又歲於帝五臣正隹亡雨 H.30591

②王的近臣

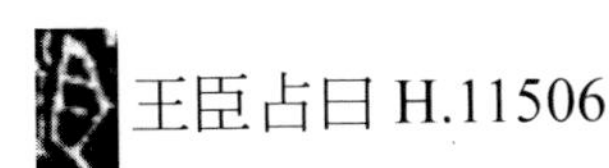

王臣占曰 H.11506

王臣令 HD.517

多臣御於妣庚 HD.488

其令小臣 H.27883

隹小臣乍子齒 HD.28

③王的較高等級配偶〔註 4〕

貞小臣娩嘉 Tun.附 22

小臣娩嘉 H.14037

小臣…娩嘉 H.14038

④獻祭人牲

癸酉卜貞多妣獻小臣卅小母於婦 H.630

兕……小臣……人又……旬受禾 H.33249

卜辭中有關小臣的辭例凡八十餘條，一般來說甲骨中合文的寫法較爲固定，故絕大多數的「臣」作樹立型如狀，但是有兩條辭例中的小臣未循常例而作橫作狀，這兩條辭例分別是：癸酉卜貞多妣獻小臣卅小母於婦 H.630 和兕……小臣……人又……旬受禾 H.33249。從辭例中我們可以看出第一條辭例顯然與祭祀有關，而獻的對象也一般爲祭品，如：帝獻三牛 H.974，貞乎獻羊於西土由 H.8777，因此小臣當爲獻祭人牲。而第二條辭例

〔註 4〕卜辭中以娩嘉辭例出現的辭例中，有婦好等商王高等級的配偶，而並未見低等級的女子，如：婦好娩嘉 H，14003，帚果娩嘉 H，14018，帚妌娩嘉 H.14009。以下三條辭例都是用來占卜小臣的生育情況，可見此處的「小臣」也是擁有一定地位的配偶，而不是低等級奴僕。

有所殘損，但是我們通過辭例中「受禾」這一線索可以推測出該條辭例亦與祭祀祈求豐收有關，如：桼於河受禾 H.33270，而加在受禾之前的往往是祭祀所用物品，如：一羊受禾 H.28233，由是可知這兩條辭例中的小臣當皆爲祭祀用品。在眾多辭例中唯獨這兩條辭例中的小臣恰作橫狀，因此我們認爲臣在小臣辭例中的橫豎位置的不同有區別詞義的作用，常見豎直之臣或爲商王的近臣或爲其配偶地位較高，而作橫狀指臣則地位低常作爲獻祭人牲。當然如果單從目與臣的區分角度來說（一般目爲橫作）也可以認爲這裏的小臣爲小目，但是我們遍查辭例未再見小目連稱者，故我們認爲這裏仍應稱爲小臣，同時這裏我們也可以看出小臣所指並不明確，既可指商王的近臣，亦可指王的配偶，還可以當做低級奴隸用於祭祀。由此我們也可以看出，甲骨文中字義的區別方法除去字形的差別外，字形的位置角度的變化亦有可能影響字義的表達。

這種區別字義的方式，我們在甲骨文基礎字形中僅觀察到一例。具體來說，該方式既不依託於語音又不依賴於字形形體本身結構變化，因此規律性不強，區別特徵不明顯，闡釋難度極大，故不可能成爲區別字義的主要手段。然而這種特別的區別字義的方式以及第四種區別字義的手段，都充分反映了先民們在發展甲骨文字體繫時所做的多方努力。

四是用某一個字形在特定的語境下表示相關的兩個不同內涵卻又相互聯繫的客觀事物，如：射。

射，其殷商字形如下：

H.32998　H.24156 正　H.23787

H.27060　H.27902　H.28305

H.28308　H.28817　H.37396

H.37384　H.37395　H.36775

H.26956　Tun.4066　HD.2

HD.7

其甲骨卜辭實際用法爲：

①射箭

令射。H.H.5779

令射。H.H.5780

弜射 HD.7

…射又鹿弗每 Tun.495

②弓和箭

登射百…H.5760 正

令辰以新射於…H.32996

③射祭

射㚔㠯羌其用自二甲几至於…Tun.9

甲骨文「新」當有新舊之意，如：「新庸美 H.29712、於新室奏 H.31022、今日王宅新室 H.13563」。甲骨中「以新射」有數例，此處的「新」亦是新舊之意，如：「令辰以新射於……H.32996、以新射於……H.32998」表示「送新的射」。在甲骨辭例中我們未發現「以新弓」或「以新矢」這樣的例。因此我們推測此處的「射」可能是將「弓和矢」兩個意義附著在一個字形中加以表達，這種做法類似於合文，但這種所謂的合文較難發現，其性質更有可能是原始圖畫文字的孑遺。與第三種區別字義的方式一樣，這種方式也因其規律性不強而最終沒有成爲區別字義的主要手段。

第三節　甲骨文構形方式調整的原因

古文字字形演變歷史較長，從目前確知的成熟文字體系殷商甲骨文字系統到漢字基本規範定形的小篆時代，漢字體系業已歷時千餘年。在這一千多年裏，

伴隨著中原大地數次大的朝代更迭，進一步導致漢字形體體系的演變具備了足夠的時空條件和社會條件，從而使得漢字字形體系前後差異較大，其嬗變的軌跡也更是漸漸湮沒於歷史的夜色中。自漢以降，雖然《說文》以及金石之學未曾斷絕並且屢有古文字材料被發現，但在總體上漢字形體演變的整體情況及其規律仍未得到揭示。

進入 20 世紀，隨著各種古文字材料的發現以及研究的深入，殷商以降各個歷史時期典型字形體系被連接起來，漢字形體體系總體風貌以及演變軌跡比較清晰的走入研究者的視線，漢字形體這種歷時變化情況也隨之受到研究者的關注，李孝定先生的看法就具有一定的代表性。李孝定先生認爲：「上古文字的形體，非常不規律，同是一字，張三李四，各人寫法不同，偏旁的位置，左右上下無定；筆劃多少不拘，甚至偏旁的數目也不拘；事類相近的文字，當它們被當作偏旁使用時往往相通；正寫反寫相同，橫書側書無別，這種情形，時代越古越顯著，直到小篆出現，總算大致定型。」〔註 5〕在這裏李孝定先生指出了小篆以前的古文字形體規範性不強，字形差異較大、書寫不規範等現象，這些現象在古文字字形演變歷史中客觀存在，而這些看似無規律現象本身與在古文字字形演變歷史中存在著一定規律性的特點也並不矛盾（事實上李孝定先生論述的本意也並不是爲了否定這種規律性）。以「偏旁使用時往往相通」爲例，高明先生就總結出三十二例通用之例，如人、女形旁通用例，首、頁形旁通用例，心、言形旁通用等。〔註 6〕這種想像在甲骨卜辭中也很常見，尤其值得注意的是這些通用的偏旁多爲基礎字形內象形結構類型的整體摹寫類型，毋庸置疑，這些通用例的背後是用著一定規律性的，而事實上即使在亂象叢生的戰國時代漢字字形體系中的某些規律性也始終存在。

戰國時期六國文字紛出，曹錦炎先生在其《鳥蟲書通考》一書中解釋說，「春秋戰國之際，漢字形體發生了前所未有的劇烈變化。這是由當時中國社會發生的經濟、政治、文化等方面的巨大變革影響所致。西周以來傳統的正

〔註 5〕李孝定，從中國文字的結構和演變過程泛論漢字的整理〔C〕，李孝定，漢字的起源與演變論叢，臺北：聯經出版事業公司，1986：77。

〔註 6〕參見高明《中國古文字學通論》一書中「意義相近的形旁互爲通用」一節。高明，中國古文字學通論〔M〕，北京：北京大學出版社，2006：47。

體字形受到了猛烈衝擊，形體多變，俗體、異體流行，地域色彩紛呈……」〔註7〕但即便在這種漢字字形更加缺乏規範性的前提下，漢字形體演變仍有規律可循。在傳統上對於古文字的字形演變研究更加注重字形歷時演變過程中一些具有共同形體特徵現象的歸納與總結，並取得了很多成果，如何琳儀先生在《戰國文字通論》中對戰國文字的形體演變情況作了這樣一個描述：「（漢字形體）簡化和繁化，是對文字的筆畫和偏旁有所刪簡和增繁；異化，則是對文字的筆畫和偏旁有所變異。異化的結果，筆畫和偏旁的簡、繁程度並不顯著，而筆畫的組合、方向和偏旁的種類、位置則有較大的變化……增繁同形偏旁（包括重疊形體、重疊偏旁、重疊筆劃），增繁無義偏旁（一些只起到裝飾作用的繁化部件），增繁標義偏旁（包括象形標義、會意標義、形聲標義），增繁標音偏旁（包括象形標音、會意標音、形聲標音、雙重標音）。」〔註8〕應當說歸納字形演變現象並總結出這些現象的共同特點是一項重要的的工作，這爲我們進一步研究古文字字形演變的深層次原因打下了基礎。

姚孝遂先生在《漢語文字學史》序中說：「漢語文字學的研究對象，應該是全部已經掌握的漢字形體。商周古文字不應該是古文字學的禁臠。不同的學科可以在研究的手段、方法、方向、重點上有所不同，但是，這並不能排斥不同的學科有著共同的研究對象。我個人認爲，漢語文字學不應滿足於簡單地利用一點點古文字資料，而必須像對待其它文字形體一樣，廣泛而深入的探討所有古文字形體的發生、發展和變化規律，從而在理論性的認識上有一個新的突破。」〔註9〕在古文字字形演變研究方面，黃德寬師更加關注古文字字形演變過程中具有本質性的變化（即構形方式的調整等變化），著力探求這種變化背後的動因，並在此過程中逐漸形成了較爲科學完善的理論思想。這個理論思想的精要在於，立足已有和近出的新資料，對與實際使用的字形和相應辭例進行較爲全面的考察分析，通過詞義和字形之間變化關係這一視角，在動態的歷史使用演化過程中去探求象形、指事字的較爲科學的分類，並試圖發現構形方式發生調整軌跡及其內在原因以及漢字系統自身的演進規

〔註7〕曹錦炎，鳥蟲書通考〔M〕，上海：上海書畫出版社，1999：1。

〔註8〕何琳儀，戰國文字通論〔M〕，南京：江蘇教育出版社，2003：226、213。

〔註9〕黃德寬、陳秉新，漢語文字學史〔M〕，合肥：安徽大學出版社，2006。

律。

在《古文字新發現與漢字發展史研究》〔註 10〕中，黃師還指出了三項需要給予重視的基礎工作，其中「建立漢字發展史研究的基本理論構架」是一項尤爲重要的工作。而這一理論框架的搭建應當從四個方面入手：「1、漢字形體發展的描寫分析 2、漢字結構發展演變的考察 3、漢字使用情況的動態比較 4、影響漢字發展相關背景研究。」在論述漢字結構發展演變的考察時，黃師進一步指出：「……在描寫漢字形體發展變化的同時，還要揭明漢字構造方法的深層發展變化。初步研究顯示，漢字結構方法的發展受漢字形體發展的影響，但是二者的發展並不是完全同步的。」由是可見，形義關係的聚合與疏離帶來形體變化的總結僅僅是現象的描述，並不是我們研究形體演變的根本目的，「揭明漢字構造方法的深層發展變化」基礎上的結構類型的調整及其背後的根本原因才是我們研究形體變化的眞正動機。

黃德寬師文字學理論思想以及他在其漢字闡釋系列論文中所表達的漢字理論觀點，始終貫穿著一種符號學思想即「漢字表達符號、漢字符號表達對象、漢字符號如何建立與其表達對象的關係、漢字造字者、漢字闡釋者，幾者共同作用著一個完整的漢字符號生成、接受的過程」。〔註 11〕在《漢字形義關係的疏離與聚合》〔註 12〕中，黃師認爲：「就現存最早、最成熟的漢字系統來看，漢字構形確實從一開始便自覺不自覺地遵循了以形表義的原則。但是，漢字從產生之日起便無法擺脫這樣一種困擾，即它無法排除種種視覺圖像的多義性。」因此漢字形義關係必然會因種種原因而漸趨疏離。「而從漢字發生的角度看，施指（即字形）與所指（即漢字原初的意義或讀音）之間的相互指向、相互規定只有以特定的社會成員來體現；從漢字闡釋的角度看，施指與所指之間的互明關係，只有通過特定社會成員的介入才能確立……漢字的這種特質，從客觀上突出了闡釋者介入的重要性。」值得注意的是「（闡釋者）只能從對漢字字形的視覺感知開始……尋求重新彌合其形義間隔的各種紐結」，「闡釋過程發軔於既定的字義，而歸結於明確的字形的功能」，但「受制於左右闡釋者的龐大文化系統」（而且這個系統還有顯著的普遍性和歷史

〔註 10〕黃德寬，古文字新發現與漢字發展史研究〔R〕，杭州：浙江大學古籍研究所，2003。

〔註 11〕胡北，會意字研究〔D〕，合肥：安徽大學博士學位論文，2008。

〔註 12〕黃德寬、常森，漢字形義關係的疏離與彌合〔J〕，語文建設，1994，（12）：17～20。

性〔註13〕），「使得漢字闡釋無法脫離介入者的主觀判斷，而這種判斷……又根本不可能超越傳統文化對闡釋主體的特有規定。（這）就使得漢字闡釋變得十分複雜……」，從而使得闡釋者在重新彌合的過程中很難避免各種闡釋歧誤的發生，而這種歧誤往往隨著時間空間條件、後世闡釋者的主觀因素以及社會政治條件的變化而不斷積纍，進而可能導致古文字形體發生各種變化（簡化、繁化、異化等變化）甚至導致構形方式的改變，改變古文字結構類型歸屬，最終造成漢字系統面貌的根本改變。

從甲骨文基礎字形來看，借用用法成爲基礎字形的主要用法，同時基礎字形的字義負擔又較爲繁重，因此基礎字形的形義矛盾較爲劇烈、闡釋者介入的空間早已存在，因此在彌合形義矛盾、減輕字義負擔方便使用的內在要求的共同推動下，構形方式不得不作出相應的調整。

總的來看，導致構形方式調整，漢字形體演變的原因在於形義關係的分離以及二維平面結構多義性所帶的闡釋者的介入。具體來說，或由於施指（即字形）與所指（即漢字原初的意義或讀音）之間的關係難以順利確立，或是由於漢字形體的歷史闡釋者在闡釋過程中發生了困難，從而導致古文字以形表義的原則難以被堅持，進而使得古文字字形在歷時過程中發生改變，甚至進一步導致構形方式發生調整進而最終改變結構類型歸屬。從另一個角度看，一方面形義關係的疏離，推動了形聲結構的興起和發展，形聲構形方式大大擴充了古文字的數量，進而使得形聲構形方式成爲最有生命力的一種構形方式；另一方，形聲字的大量集中湧現也加速了以形表義原則的衰落（注形式形聲字不在其列），反過來加速了漢字形體的演變，加速了構形方式的調整，從而從根本上改變古文字形體結構演變的總體風貌。在形義關係疏離難以彌合以及以形表義原則漸趨沒落的前提下，古文字形體發生改變的另外幾個因素：線條化趨勢（符號化原則）、筆畫簡省趨勢、平衡美觀趨勢（黃師指出形聲結構有平衡趨勢）〔註14〕和書手個體風格也順理成章的獲得了更大的發展空間，進而對字形的演變施加了更複雜的影響，因此我們認爲形義關係的疏離與闡釋者的介入，是古文字字形以及構形方式發生變化的根本原因。

〔註13〕黃德寬、常森，關於漢字構形功能的確定〔J〕，安徽教育學院學報，1995，（02）。

〔註14〕黃德寬，古漢字形聲結構論考〔D〕，長春：吉林大學博士學位論文，1996。

第四節　甲骨文基礎字形形義關係的矛盾與統一

一般來說，以形表義是造字的基本原則。換言之，在文字初步形成之時，字形和字義應該是比較緊密的聚合在一起的。隨著人們對客觀世界的逐步深入，大量抽象意義出現在語言系統，需要文字系統加以記錄。然而字形二維平面結構的天然圖畫性與抽象意義存在較大矛盾，加之一字多義現象十分普遍，因此在構形方式未作大規模調整之前，基礎字形的形義矛盾十分巨大，客觀的影響了漢字系統的發展。

從形音義三要素的屬性看，字形本身具有天然的形象性（二維平面結構具有圖畫性）且與語言系統沒有直接聯繫。字音由語音系統直接賦予且具有相當強的抽象性（字音難以被直接記錄）。而字義受語言系統影響且兼具形象和抽象兩種性質，因此當字義爲具象概念時則形義關係結合緊密，而在字義爲抽象概念或一字多義的情況下，形義關係疏離程度則會加大。故在形義關係疏離的情況下，客觀上需要一個橋樑來完成形義關係的彌合，化解形義矛盾。

在此需要下，字音因其與語言系統的聯繫以及固有的抽象性，成爲彌合形義矛盾的最佳選擇。當字音以聲符的形式被形聲構形方式自覺的加以運用後，字形終於部分擺脫了以形表義的桎梏，轉而通過聲符所記錄的字音（也是語音）聯繫語言系統中的語義（也是字義）的方式彌合了形義之間的疏離，調和了形義矛盾。需要指出的是，字音聯想語言系統語義的方式在間接的完成了形義關係的彌合同時，爲了分辨同音字詞，形聲構形方式又始終保留了形符，並藉此達到區分同音字詞的作用。形符的保留客觀上降低了語言在構形中的地位，使得漢字沒有跟隨漢語的多音節化發展潮流，始終固守著單音節的語言形式，從而反過來又制約了漢語的多音節化發展。

就形義關係來說，至少甲骨文基礎字形中的象形字，在造字之初是依據以形表義原則來進行的，而迫於完成記錄語言反映客觀生產生活的需要，必然要求要麼對單字加以改造，要麼舊有字形上附加新的字義，要麼向多音節詞發展以適應記錄語言中大量出現合成詞的需要。由於掌握和使用的符號數量總是有極限的，即便是形義關係字義負擔達到十分嚴重的地步，也不可能實現以字形爲已依託來實現完美記錄語言的夢想。

直到引入語音這一關鍵因素才完成了形義關係更高層次上的再一次聚合。甲骨文的字符量數量之大，已經超過了大部分現代漢字使用者能夠熟練掌握的數量，可見甲骨文一開始爲了應對記錄需要，走過了增加字符數量的道路，但是限於甲骨文基礎字形以形表義構形方式的的特點，使得其產生新字的能力相對較弱，無法在以形表義的原則批量產生新字。而形聲結構藉助語言這個更大的背景，將語音引入字形形體，打破了以形表義的禁錮，通過語音這個橋樑聯繫聯想該讀音在語言系統中相應字義，從而完成記錄語言的需要。而當形聲字引入了音的元素後，基礎字形的字義負擔在注形注聲等方式的改造下，分擔了部分義項並孳乳出一個具有淵源關係的體系，並且求得了形義關係上的聚合，但需要注意的是，造字之初的以形表義原則之下的「形」更多的是試圖通過描摹客觀事物的形象性來表達字義，而後一階段的以形表義中的「形」則更多的通過記錄形符和聲符的字形形體來起到標指意義範疇和啓發語言系統的讀音聯繫語義這樣一種方式來達到表義的目的，此時的「形」已經擺脫了描摹事物形體的枷鎖，以抽象共同的意義範疇（形符）以及記錄語言系統讀音（聲符）的有機結合來完成形義關係在使用歷史上的又一次聚合。

第五節　從甲骨文基礎字形看漢字體系是一個由構形方式決定的系統

洪堡特和索緒爾都將語言看做一個系統，並把各自的「系統」觀念引入到語言學的研究中來，取得了很多積極的成果。然而在漢字理論的研究過程中，雖然把漢字稱作系統的學者並不罕見，但眞正將漢字系統納入科學的系統思維下進行深入研究的卻並不多，而我們如果能夠從宏觀和微觀兩個層面去認識漢字，則更有利於我們正確的認識漢字的總體風貌。

長期以來系統的定義存在一定的分歧，各種定義不下十數種之多。貝塔朗菲把系統定義爲「相互作用的多元素的複合體」或「處於一定相互聯繫中的與環境發生關係的各組成部分的總體」〔註 15〕。錢學森將系統定義爲「把極其複雜的研究對象稱爲系統，即由相互作用和相互依賴的若干組成成分結合成具有特定功能的有機整體，而且這個系統本身又是它們從屬的更大系統的組成部分。」〔註 16〕但是總的來看以下這個定義還是更具全面性：「所謂系統，指的是

〔註 15〕呂俊、侯向群，英漢翻譯教程〔M〕，上海：外語教育出版社，2001：32。

〔註 16〕錢學森、許國志、王壽雲，組織管理的技術——系統工程〔N〕，文匯報，1978-09-27。

由許多相互聯繫和相互作用的要素組成的一個整體。這個系統的整體具有組成它的那些要素單獨來說所沒有的新的質的特徵。系統由於其組成要素既相互聯繫又相互矛盾而且處於不斷變化和發展的動態之中。由於系統的諸要素之間有密切聯繫，所以其中一個要素的改變往往會引起另一些要素，甚至整個系統的改變。系統同環境處於不斷相互作用之中，但在這種相互作用中系統始終保持著它作爲一個整體的質的規定性。系統對它的組成要素發生積極作用，按自己特性來改變組成它的那些要素的性質。要素在組成系統時，要失掉某些原來固有的性質和獲得新的性質。系統形成後，會產生出許多從前根本不曾〔註 17〕有過的性質。」

從這個定義出發，一個可以被稱作系統的事物應該由兩個以上相互作用的要素組成，對於漢字系統來說「形、義、音」是構成漢字系統的最爲基本的元素。而系統的另一個要素是結構，即元素之間一切相互關聯的方式的總和，而對於漢字系統來說，其最爲基本的元素（形、義、音）相互關聯的方式的總和就是四種基本構形方式。而人類社會（尤其是漢語系統）則是一直以各種手段與漢字系統相聯繫並對其產生影響的外部環境。由此我們可以給漢字系統下一個比較粗淺的定義即：漢字系統是一個以滿足漢語發展的客觀要求爲目標，以形義關係變化以及闡釋者的介入爲動因，以義、形、音三個基本要素內部聯結關係的調整改變爲生成方式，在歷時過程中形成的二維視覺感知符號系統。

〔註 17〕賈澤林、王炳文，系統理論對哲學提出的新課題〔J〕，哲學研究，1980，(02)：36～39。

結　語

本文力圖在以下幾個方面做到有所創新。一、運用漢字動態分析理論，以實證爲原則，以甲骨文基礎字形爲樣本，考察甲骨文基礎字形構形和使用情況，並以統計數據分析爲論據，對相關理論問題展開討論。二、在實證原則的指導下，從形義關係和闡釋者的角度出發，分析了象形指事結構內部的層次性以及各個類別的特徵。並對指事結構的基礎字形以及抽象符號做了比較深入的研究。三、在調查實證數據的支持下，從本用借用使用比例以及字義負擔情況兩個角度，論述了象形內部分類的合理性，象形結構象形性質的衰弱，指事結構內部分類的必要性，各小類源起上的時間差異性，象形、指事結構類型發生構形方式調整的必然性等問題。四、用數據分析論證了甲骨文字體系是一個較爲成熟的符號系統；闡述了甲骨構形方式的調整存在四書以外的多種樣式；論證了甲骨文構形方式調整的根本原因在於因形義關係的疏離導致的闡述者介入；描述了甲骨文形義關係從疏離到重新聚合的過程；給出了漢字系統較爲完善的定義。五、在使用情況調查中我們將「花東」、「小屯」、「清華簡」等新材料納入調查視野，并全面梳理了甲骨文基礎字形的實際使用義項，使得調查樣本更加全面科學。

由於能力有限，沒能將整個甲骨文字系統每個單字的使用情況做一個全面的梳理，在一定程度上影響了結論的全面性。同時對新成果的吸收還不完善，在對甲骨文基礎字形進行構形判斷、字義分類、辭例釋讀方面仍存在不少問題，希望在以後的工作中能夠進一步完善。

參考文獻

期刊論文類

1. 蔡哲茂，釋殷卜辭的「見」字〔C〕，中國古文字研究會、中山大學古文字學研究所，古文字研究（第二十四輯），北京：中華書局，2002：95～99。
2. 曹定雲，殷墟花東H3卜辭中的「王」是小乙——從卜辭中的人名「丁」談起〔C〕，中國古文字研究會、華南師範大學文學院，古文字研究（第二十六輯），北京：中華書局，2006：8～18。
3. 陳秉新，釋𣪘及從𣪘之字〔C〕，中國古文字研究會、中山大學古文字學研究所，古文字研究（第二十四輯），北京：中華書局，2002：61～64。
4. 陳劍，甲骨金文舊釋「尤」之字及相關諸字新探〔C〕，陳劍，甲骨金文考釋論集，北京：線裝書局，2007：57～80。
5. 陳劍，釋「琮」及相關諸字〔C〕，陳劍，甲骨金文考釋論集，北京：線裝書局，2007：244～273。
6. 陳劍，釋造〔C〕，陳劍，甲骨金文考釋論集，北京：線裝書局，2007：127～176，（有用的在176）
7. 陳劍，說「安」字〔C〕，陳劍，甲骨金文考釋論集，北京：線裝書局，2007：107～123。
8. 陳斯鵬，論周原甲骨和楚系簡帛中的「囟」與「思」——兼論卜辭命辭的性質〔C〕，香港中文大學中國語言文學系，第四屆國際中國文字學研討會論文集，香港：2003。
9. 陳煒湛，甲骨文異字同形例〔C〕，四川大學歷史系古文字研究室，古文字研究（第六輯），北京：中華書局，1981：227～249。

10. 陳煒湛，甲骨文「允」字說〔C〕，中國古文字研究會、浙江省文物考古研究所，古文字研究（第二十五輯），北京：中華書局，2004：1～4。

11. 陳煒湛，有關甲骨文田獵卜辭的文字考訂與辨析〔C〕，中國古文字研究會、中華書局編輯部，古文字研究（第十八輯），北京：中華書局，1992：45～61。

12. 董蓮池，「桒」字釋禱說的幾點疑惑〔C〕，中國古文字研究會、吉林大學古文字研究室，古文字研究（第二十七輯），北京：中華書局，2008：117～121。

13. 高島謙一，問「鼎」〔C〕，山西省文物局、中國古文字研究會、中華書局編輯部，古文字研究（第九輯），北京：中華書局，1984：75～95。

14. 郭沫若，古代文字之辯證的發展〔J〕，考古學報，1972，(01)：1～16。

15. 黄德寬、常森，關於漢字構形功能的確定〔J〕，安徽教育學院學報，1995，(02)。

16. 黄德寬、常森，漢字形義關係的疏離與彌合〔J〕，語文建設，1994，(12)：17～20。

17. 黄德寬，漢字構形方式：一個歷時態演進的系統〔J〕，安徽大學學報（哲學科學版），1994，(03)：63～71，108。

18. 黄德寬，漢字構形方式的動態分析〔J〕，安徽大學學報（哲學科學版），2003，(04)：1～8。

19. 黄德寬，殷墟甲骨文之前的商代文字〔C〕，荊志淳等編，多維視域——商王朝與中國早期文明研究，北京：科學出版社，2009。

20. 黄天樹，花園莊東地加固所見的若干新材料〔J〕，陝西師範大學學報（哲學社會科學版），2005，(02)：57～60。

21. 黄天樹，論漢字結構之新框架〔J〕，南昌大學學報（人文社會科學版），2009，(01)：131～136。

22. 黄天樹，釋殷墟甲骨文中的「鷹」字〔J〕，中國文化研究，2008，(03)：143～145。

23. 黄天樹，談談殷墟甲骨文中的「子」字——兼說「王」和「子」同版并卜〔C〕，中國古文字研究會、吉林大學古文字研究室，古文字研究（第二十七輯），北京：中華書局，2008：49～53。

24. 黄錫全，甲骨文「㞢」字試探〔C〕，四川大學歷史系古文字研究室，古文字研究（第六輯），北京：中華書局，1981：195～206。

25. 季旭昇，從新蔡葛陵簡說「熊」字及其相關問題〔C〕，臺灣輔仁大學中國文學系編，第十五屆中國文字學國際學術研討會論文集，臺北：輔仁大學出版社，2004。

26. 賈澤林、王炳文，系統理論對哲學提出的新課題〔J〕，哲學研究，1980，(02)。

27. 黎千駒，古代六書學研究綜述〔J〕，湖北師範學院學報（哲學社會科學版），2007，(05)：33～38。

28. 李孝定，從六書的觀點看甲骨文字〔C〕，李孝定，漢字的起源與演變論叢，臺北：聯經出版事業公司，1986。

29. 李孝定，從中國文字的結構和演變過程泛論漢字的整理〔C〕，李孝定，漢字的起源與演變論叢，臺北：聯經出版事業公司，1986。

30. 李學勤、王宇信，周原卜辭選釋〔C〕，中山大學古文字研究室，古文字研究（第四輯），北京：中華書局，1980：250

31. 李學勤，續論西周甲骨〔J〕，中國語文研究，1985，(07)：144～145。

32. 連劭名，甲骨刻辭中的血祭〔C〕，中國古文字研究會、中華書局編輯部，古文字研究（第十六輯），北京：中華書局，1989：49～66。

33. 連劭名，殷墟卜辭中的「同」與「止」〔C〕，中國古文字研究會、浙江省文物考古研究所，古文字研究（第二十五輯），北京：中華書局，2004：51～53。

34. 林宏明，説殷卜辭見字的一種特殊用法〔C〕，中國古文字研究會、吉林大學古文字研究室，古文字研究（第二十七輯），北京：中華書局，2008：75～81。

35. 林小安，甲骨文「庚」字説解〔C〕，中國古文字研究會、浙江省文物考古研究所，古文字研究（第二十五輯），北京：中華書局，2004：11～13。

36. 林澐，説戚我〔C〕，中國古文字研究會、中華書局編輯部，古文字研究（第十七輯），北京：中華書局，1989：194～197。

37. 劉桓，甲骨文字考釋（四則）〔C〕，安徽大學古文字研究室，古文字研究（第二十二輯），北京：中華書局，2000：46～50。

38. 劉桓，釋甲骨文[illegible]、[illegible]二字〔C〕，中國古文字研究會、浙江省文物考古研究所，古文字研究（第二十五輯），北京：中華書局，2004：14～19。

39. 劉一曼，論殷墟大司空村出土的刻辭甲骨〔C〕，中國古文字學研究會、中華書局編輯部，古文字研究（第二十八輯），北京：中華書局，2010：17～24。

40. 劉宗漢，釋七、甲〔C〕，中山大學古文字研究室，古文字研究（第四輯），北京：中華書局，1980：235～243。

41. 呂思勉，字例略説〔C〕，呂思勉，文字學四種，上海：上海古籍出版社，2009。

42. 羅琨，釋「帝」——兼説黃帝〔C〕，中國古文字學研究會、中華書局編輯部，古文字研究（第二十八輯），北京：中華書局，2010：66～72。

43. 羅運環，甲骨文「山」「火」辨〔C〕，吉林大學古文字～研究室，古文字研究（第二十八輯），北京：中華書局，2000：212～233。

44. 朴仁順，甲骨文女·母字考〔C〕，中國古文字研究會、安徽大學古文字研究室，古文字研究（第二十三輯），北京：中華書局，2002：23～25。

45. 裘錫圭，甲骨文字考釋（八篇）〔C〕，中山大學古文字研究室，古文字研究（第四輯），北京：中華書局，1980：153～175，(有用的在164)

46. 裘錫圭，釋「勿」「發」〔C〕，裘錫圭，古文字論集，北京：中華書局，1992：70～84。

47. 裘錫圭，釋柲〔C〕，中華書局編輯部，古文字研究（第三輯），北京：中華書局，1980：7～31。

48. 裘錫圭，釋求〔C〕，陝西省考古研究所、中國古文字研究會、中華書局編輯部，古文字研究（第十五輯），北京：中華書局，1986：195～206。

49. 裘錫圭，釋万〔C〕，裘錫圭，古文字論集，北京：中華書局，1992：207～209。
50. 裘錫圭，說「以」〔C〕，裘錫圭，古文字論集，北京：中華書局，1992：106～110。
51. 沈培，說殷墟甲骨文「氣」字的虛詞用法〔C〕，中國古文字研究會、中山大學古文字學研究所，古文字研究（第二十四輯），北京：中華書局，2002：118～122。
52. 沈培，殷卜辭中跟卜兆有關的「見」和「告」〔C〕，中國古文字研究會、吉林大學古文字研究室，古文字研究（第二十七輯），北京：中華書局，2008：66～74。
53. 沈培，周原甲骨文裏的「囟」和楚墓竹簡裏的「囟」或「思」（連載一）〔EB／OL〕，http：//www.bsm.org.cn/show_article.php?id=139，2005-12-23。
54. 時兵，殷墟花園莊東地甲骨文字考釋三則〔C〕，中國古文字研究會、華南師範大學文學院，古文字研究（第二十六輯），北京：中華書局，2006：49～51。
55. 孫雍長，甲骨文字考釋五例〔C〕，中國古文字研究會、華南師範大學文學院，古文字研究（第二十六輯），北京：中華書局，2006：90～94，有用的在93。
56. 唐蘭，殷虛文字二記〔C〕，吉林大學古文字研究室，古文字研究（第一輯），北京：中華書局，1979：55～62。
57. 唐鈺明，㞢又考辨〔C〕，中國古文字研究會、中華書局編輯部，古文字研究（第十九輯），北京：中華書局，1992：401～407。
58. 王貴民，試釋甲骨文的乍口、多口、殉、葬和誕字〔C〕，吉林大學古文字研究室，古文字研究（第二十一輯），北京：中華書局，2001：122～135。
59. 王蘊智，贏字探源〔C〕，王蘊智，漢語漢字研究論集，北京：中華書局，2004。
60. 王蘊智，釋甲骨文[illegible]字〔C〕，中國古文字研究會、華南師範大學文學院，古文字研究（第二十六輯），北京：中華書局，2006：76～79。
61. 夏含夷，試論周原卜辭[illegible]字——兼論周代貞卜之性質〔C〕，中國古文字研究會、中華書局編輯部，古文字研究（第十七輯），北京：中華書局，1989：304～308。
62. 徐錫臺，試釋周原卜辭中的囟字〔C〕，陝西省考古研究所、中國古文字研究會、中華書局編輯部，古文字研究（第十一輯），北京：中華書局，1986：157～160。
63. 楊文秀、楊志介，論洪堡特與索緒爾的語言系統觀〔J〕，廣東外語外貿大學學報，2009（01）。
64. 姚孝遂，牢、宰考辨〔C〕，山西省文物局、中國古文字研究會、中華書局編輯部，古文字研究（第九輯），北京：中華書局，1984：25～36。
65. 張玉金，殷墟甲骨文「吉」字研究〔C〕，中國古文字研究會、華南師範大學文學院，古文字研究（第二十六輯），北京：中華書局，2006：70～75。
66. 于省吾，釋盾〔C〕，中華書局編輯部，古文字研究（第三輯），北京：中華書局，1980：1～6。
67. 于省吾，釋兩〔C〕，山西省文物局考古研究所，古文字研究（第十輯），北京：中華書局，1983：1～10。
68. 曾憲通，「作」字探源——兼談耒字的流變〔C〕，中國古文字研究會、中華書局編輯部，古文字研究（第十九輯），北京：中華書局，1992：408～421。

69. 張桂光，卜辭祭祀對象名號解讀二題〔C〕，中國古文字研究會、浙江省文物考古研究所，古文字研究（第二十五輯），北京：中華書局，2004：45～50。
70. 張永山，也談花東辭中的「丁」〔C〕，中國古文字研究會、華南師範大學文學院，古文字研究（第二十六輯），北京：中華書局，2006：8～18。
71. 張玉金，周原甲骨文「囟」字釋義〔J〕，殷都學刊，2000，（01）：144～145。
72. 張玉金，釋甲骨文中的「[illegible]」「[illegible]」〔C〕，中國古文字研究會、安徽大學古文字研究室，古文字研究（第二十三輯），北京：中華書局，2002：3～9。
73. 張政烺，釋它示——論卜辭中沒有蠶神〔C〕，吉林大學古文字研究室，古文字研究（第一輯），北京：中華書局，1979：63～70。
74. 周忠兵，說甲骨文中「兮」字的一種異體〔C〕，中國古文字學研究會、中華書局編輯部，古文字研究（第二十八輯），北京：中華書局，2010：59～65。
75. 朱歧祥，論子組卜辭一些同版異文現象——由花園莊甲骨說起〔C〕，中國古文字研究會、安徽大學古文字研究室，古文字研究（第二十三輯），北京：中華書局，2002：30～37。

專著類

1. 曹錦炎，鳥蟲書通考 〔M〕，上海：上海書畫出版社，1999。
2. 陳夢家，殷虛卜辭綜述〔M〕，北京：中華書局，1988。
3. 陳世輝、湯餘惠，古文字學概要〔M〕，長春：吉林大學出版社，1988。
4. 戴君仁，中國文字構造論·自序〔M〕，臺北：世界書局，1980。
5. 黨懷興，宋元明六書學研究〔M〕，北京：中國社會科學院出版社，2003。
6. 高明，中國古文字學通論〔M〕，北京：北京大學出版社，2006。
7. 郭沫若，中國古代社會研究·第三篇卜辭中的古代社會〔M〕，北京：人民出版社，1954。
8. 何九盈，中國現代語言學史·第五章〔M〕，廣州：廣東教育出版社，2000。
9. 何琳儀，戰國文字通論〔M〕，南京：江蘇教育出版社，2003。
10. 胡樸安，中國文字學史〔M〕，北京：中國書店，1984。
11. 胡奇光，中國小學史〔M〕，上海：上海人民出版社，2005。
12. 黃德寬、陳秉新，漢語文字學史〔M〕，合肥：安徽教育出版社，2006。
13. 黃德寬，古文字新發現與漢字發展史研究〔R〕，杭州：浙江大學古籍研究所，2003。
14. 李孝定，漢字史話〔M〕，臺北：聯經出版事業公司，1977。
15. 李孝定，甲骨文字集釋〔M〕，臺北：中央研究院歷史語言研究所，1970。
16. 梁啓超，中國近三百年學術史〔M〕，上海：東方出版社，2004。
17. 劉釗，古文字構形學〔M〕，福州：福建人民出版社，2006。
18. 呂俊、侯向群，英漢翻譯教程〔M〕，上海：外語教育出版社，2001。

19. 呂思勉，文字學四種〔M〕，上海：上海古籍出版社，2009。
20. 苗東升，系統科學精要〔M〕，北京：中國人民大學出版社，2006。
21. 錢學森、許國志、王壽雲，組織管理的技術——系統工程〔N〕，文匯報，1978-09-27。
22. 裘錫圭，文字學概要〔M〕，北京：商務印書館，1988。
23. 石定果，說文會意字研究〔M〕，北京：北京語言學院出版社，1996。
24. 唐蘭，天壤閣甲骨文存考釋〔M〕，北京：輔仁大學叢書之一，1939。
25. 唐蘭，中國文字學〔M〕，上海：上海古籍出版社，2001。
26. 汪應洛，系統工程學〔M〕，北京：高等教育出版社，2007。
27. 魏宏森、曾國屏，系統論：系統科學哲學〔M〕，北京：清華大學出版社，1995。
28. 嚴修，二十世紀的古代漢語研究〔M〕，太原：書海出版社，2001。
29. 楊樹達，中國文字學概要 文字形義學〔M〕，上海：上海古籍出版社，2006。
30. 姚孝遂，漢語文字學史・序〔M〕，合肥：安徽大學出版社，2006。
31. 姚孝遂，許慎與說文解字〔M〕，北京：中華書局，1983。
32. 于省吾，甲骨文字釋林〔M〕，北京：中華書局，2009。
33. 胡北，會意字研究〔D〕，合肥：安徽大學博士學位論文，2008。
34. 黃德寬，古漢字形聲結構論考〔D〕，長春：吉林大學博士學位論文，1996。
35. 袁金平，新蔡葛陵楚簡字詞研究〔D〕，合肥：安徽大學博士學位論文，2007。
36. 張勝波，新蔡葛陵楚墓竹簡文字編〔D〕，長春：吉林大學博士學位論文，2006。

後　記

記得很多人都曾問過我這樣一個問題：「學古文字有什麼用？」起初我還解說兩句，後來只是笑而不答。於心神相通者雖不言而自明。

07 年的一天上午，徐在國師突然打來電話讓我去一下他的辦公室，說是不舒服想去醫院。當我急忙推開辦公室的門，只見徐師坐在椅子上，臉色蒼白。扶著徐師下樓的時候，感覺徐師的手很冷，骨頭很硬。「頸椎病，去弔水吧，少看點書！」醫生平靜的說。數天後的晚上，我們驚訝的發現徐師的辦公室裏又亮起了燈。一幫同學們關切地說：「徐老師，您晚上可要早點回家了啊！」徐師認真地答道：「是啊，我現在不像以前了，十點半就回去了！」弟子們默然。

第一次見到黃德寬師是在答辯會上，黃師深邃豐厚的思想，純淨流暢的表達，清簡泰然的氣度，讓我們印象深刻。但同學們也都很奇怪，公務纏身的黃師，究竟如何做到筆耕不輟案牘不離的呢？直到讀博以後，我們才真正瞭解到「兼顧」的艱辛。冗繁的公務常常急如星火，身不由己自然是常態，讀書看文章只能是在接見會談的間隙，在輾轉兩地的車中，在子夜的臥榻之上。然而即使在最緊張的時候，我們這些學生的事情仍牽掛於黃師心中，記得在我最艱難的時候，黃師從北京機場打來電話，讓我終於能夠像個孩子一樣釋放出壓抑已久的情緒……

白兆麟師，對教育事業的執著，對愛情婚姻的忠貞，對命運不公的坦然。何琳儀師，金文課中的微笑，林蔭道上的背影，資料室裏瘦高的書架。還有系裏領導老師的關切，各位同門同學的友誼，都在感染著我激勵著我……

潤物無聲，永誌不忘！

數年的學習讓我疏於和父母聯繫，回家的次數很少，看著母親欣喜的笑容和父親消瘦的臉頰，愧疚之心油然。而同樣讓我感到歉疚的是我的愛人梁靜，無法忘記你在去年此時遭受的痛苦，無法忘記你不捨的母親和那個幼小的生命！

還有合肥以及各地的親友，你們的幫助與關心我銘記在心。

大愛無言，永記我心！

陳　丹

2011 年 5 月